少年泉鏡花の明治奇談録

城下のあやかし

峰守ひろかず

ポプラ文庫ピュアフル

目次

第一話 「海神別荘」…… 005
第二話 「茸の舞姫」…… 065
第三話 「貝の穴に河童の居る事」…… 123
第四話 「竜潭譚」…… 175
第五話 「朱日記」…… 231

第一話「海神別荘」

しかるにこの度は、先方の父親が、若様の御支配遊ばす、わたつみの財宝に望《のぞみ》を掛け、もしこの念願の届くにおいては、眉目《みめ》容色《きりょう》、世に類《たぐい》なき一人の娘を、海底へ捧げ奉る段、しかと誓いました。すなわち、彼が望みの宝をお遣《つかわ》しになりましたに因って、是非に及ばず、誓言《せいごん》の通り、娘を波に沈めましたのでござります。

（泉鏡花「海神別荘」より）

明治二十一年（一八八八年）の初夏のある日、しとしとと小雨が降る昼下がり。

金沢は六枚町《ろくまいまち》にある私塾「井波塾《いなみじゅく》」の一室にて、定例の英語の講義を終えた武良越《むらこし》義信《よしのぶ》が腰を上げたところ、伸びやかな声が投げかけられた。

「義《よし》さん、ちょっといいですか？」

義信を呼び止めたのは、小柄で色の白い少年だった。

背丈は五尺（約一五〇センチメートル）足らずで、端整な細面に丸眼鏡を掛け、痩身に纏っているのは兎柄《うさぎがら》の小袖に縦縞の袴。受験のためにこの塾に寄宿している受講生でありながら、なぜか英語の講師も務めている少年・泉鏡太郎《いずみきょうたろう》である。見たところの年齢は十三、四歳ほどだが、これでも十六歳であることを義信は知っている。

「何です、泉先生？　あいにく新しい怪異の噂は特に……」

受講生たちが退室していく中、義信は立ち止まって鏡太郎を見下ろした。義信の年齢は鏡太郎より一回り上の二十八。身長は六尺（約一八〇センチメートル）近くあり、体つきもがっしりしているので、鏡太郎と並ぶと体格差が際立つ。

人力車の車夫である義信が、この小柄で年若い講師との間に「怪《あや》しい噂と引き換えに受講料の支払いを待つ」「それが本物の怪異や神秘だったら受講料は払わなくて良い」という奇妙な約束を取り交わしたのは、半年ばかり前のことだ。それから今に至る日々の中で、義信が英語を学ぼうとした目的は達せられてしまった——もしくは二度と達成できなくなった——のだが、外国人の増えつつある金沢の町で車夫で食っていくためには、多少なりとも英語が理解できると役に立つ。このお化け好きの少年と妙に馬が合ったこともあり、義信は今もここに通っていた。

「あ、もしかして受講料の支払いですか？　遅れていないはずですが」

「ではなくて、今日は車夫である義さんへの依頼です。もちろんお金は払います」

そう言うと鏡太郎は義信に座るよう促した。義信が畳の上に腰を下ろすと、鏡太郎は向かいに正座し、「家庭教師を頼まれまして」と切り出した。

「うちの塾が出張講義や家庭教師も請け負っていることはご存じですよね。河北潟《かほくがた》の近くの別荘にて、一日おきに国語全般を教えてほしいという依頼が来まして、それが僕に回ってきたのです。河北潟までは三里（約一二キロメートル）ほどですから、歩けない距離ではないですが、荷物もありますし、車を雇えると助かるのです」

「ああ、なるほど。断る理由は何もありませんが……大丈夫ですか？　送迎のご依頼ということは、先生が講義している間は向こうで待つわけですよね。となると相応のお代をいただくことになるんですよ。無論、多少は負けるつもりですが……」

「お気遣いなく。何なら、多少吹っ掛けてもらっても構いません」

義信の言葉を鏡太郎がすかさず遮り、あっけらかんとした顔で「払うのは僕ではなくて、家庭教師を依頼した方なので」と付け足した。

どうやら鏡太郎を雇おうとしているのはそこそこの金持ちであるようだ。なるほど、と義信は納得し、その上で軽く眉をひそめた。

「しかし、俺が言うのも何ですが……」

「お前は英語の講師だろ、とでも？　国語も一通り修めてはいますよ」

「泉先生の知識が凄いのは知ってますよ。ですが、講師のお仕事よりも、ご自分の勉強を進められた方が良いのでは？　来年も受験されるんですよね」

そもそも鏡太郎がこの私塾に寄宿しているのは、第四高等学校、通称「四高」の受験のためだったはずだ。鏡太郎が数学を大の苦手としており、そのために今年の春に見事落第《らくだい》したことは義信も知っている。痛いところを衝《つ》かれた鏡太郎は、「う」と一声唸って目を逸らしたが、ややあって、ぼそぼそと声を漏らした。

「その通りではあるのですが……ですがしかし、この講師の仕事だけは、何としても受けたいのです。この目で確かめるために……！」

義信に向き直った鏡太郎が語気を強めた。眼鏡越しの瞳は見開かれ、白い肌はうっすらと上気している。怪異の噂を聞いた時の顔だと義信は気付いた。

「確かめるとは何をです？　何か怪しい話でも？」

「ああ、それはですね」

と、鏡太郎が嬉しそうに口を開いた時だ。開きっぱなしだった教室の入り口に、長身の人影がぬっと姿を現した。

「御免《ごめん》。泉鏡太郎はいるか？」

張りのある太い声とともに入室してきたのは、軍服姿の男だった。

背丈は義信より少し低く、年齢は三十代の半ばほど。染み一つない軍服の右肩には飾緒が揺れ、左胸には幾何学模様《きかがくもよう》の階級章が縫い付けられている。腰には金で縁取られた軍刀を佩《は》き、手にしているのは磨かれた制帽。どこからどう見ても将校階級の軍人である。

鼻筋のまっすぐ通った顔立ちで、表情は厳めしく、目つきは鋭く、立ち居振る舞いにも隙はない。講談に語られる古武士のような男だな、と義信は思い、ひとまず腰を上げて会釈《えしゃく》をした。鏡太郎が同じように立ち上がって頭を下げると、将校らしき男はにこりともせずに名乗った。

「帝国陸軍少佐、吾妻曹市《あづまそういち》である。泉鏡太郎は？」

「泉は僕ですが」

「お前か？　なるほど、若い。幼いと言ってもいいくらいだ。この若さで講師と言うのも信じがたいが、確かにお前であれば、妻に近づけても間違いは起こるまいな。そういう意味では良い人選だ」

　吾妻と名乗った少佐は値踏みするように鏡太郎を眺めて品評し、鏡太郎が落ち着いた顔で「恐縮です」と応じる。どうやらこの軍人が件の依頼人で、教える相手はこの男の妻のようだ。義信は「俺は席を外しましょうか？」と小声で鏡太郎に尋ねたが、そこに吾妻が口を挟んだ。

「お前は何だ。風体からすると車屋か？」

「こちら、車夫の武良越義信さんです。丁度、ご依頼の家庭教師のためにしばらく雇いたいという話をしていたところですから、差し支えなければ、一緒に聞いていただいた方が話が早いかと」

　義信を紹介した鏡太郎が提案すると、吾妻は無言で首肯した。居続ける許可が出たので、義信はその場に留まることにした。「それで」と吾妻が鏡太郎に向き直る。

「どこまで聞いている？　塾長には説明しておいたはずだが」

「はい。吾妻少佐殿は昨年金沢に赴任してこられた方で、金沢城跡の駐屯地近くのお屋敷にご夫妻でお住まいなのですよね。ところが奥様が体調を悪くされてしまい、海辺に買い入れた別宅で静養することになったと伺いました。それで、別荘に閉じ籠っているだけでは良くないので、家庭教師を付けることにした、と」

「その通りだ」

「奥様のご容体は大丈夫なのですか？」

「体に支障はない。いわゆる気鬱の病というやつだ。長々と塞ぎ込んだり、急に泣き出したり……。軍人の妻がそんなことでどうすると私は呆れたが、場所を変えて静養させた方がいいと医者が言うものでな。家庭教師を雇うのも、要は気分を変えるためだ。話し相手になってくれればそれでいい」

　腕を組んだ吾妻が淡々と語る。そのやりとりで義信は概ねの事情を理解し、同時に疑問を覚えた。将校ならそれなりの稼ぎも人脈もあるだろう。本職の家庭教師をいくらでも雇えそうなものなのに、そこでなぜ鏡太郎が選ばれたのかが分からない。

　義信が軽く首を傾げていると、吾妻は顔をしかめて鏡太郎をまじまじと見た。露骨《ろこつ》に不満げな視線を向けられた鏡太郎が小声で尋ねる。

「あの、何か……？　やはり僕のような若輩者ではご心配ですか？」

「そういうわけではない。ただ、『細い』と思ったのだ。手も足も細いし、体は薄いし肌は白い。まるで娘のようではないか。ろくに鍛錬もしていまい」

「それはまあ。学生ですので」

「何だその顔は。いいか？　勉学に励むのも結構だが、男の本意は武勇にこそあろう。体を張って祖国や女子供を守るのが日本男児の本懐《ほんかい》だ。いざという時に武器を取って戦えぬようでは、男は男である意味があるまい」

話しているうちに興が乗ってきたのか、吾妻の声が大きくなる。

鏡太郎が何も言わずにいると、さらに吾妻は、東京にいた頃の部下に「自分は誰とも戦いたくない」と言った兵士がいたこと、それを聞いて思わず手を上げてしまったことを自慢げに語った。普段からよく語っている話なのだろう、語り口は滑らかだ。

「その兵士は結局除隊となったが、私はああいう軟弱者だけは絶対に許せないのだ。争わずに済むのが一番だと抜かす輩《やから》もいるが、そんなものは理想論。敵のない国がどこにある？　敵から、仇から、世界から、女子供と祖国を守護するためには、兵が強くあらねばならんのだ。そして兵を支える国民もまた、軍によって統制されねばならない！　そこの車夫、お前も分かるな」

「え？　は、はい。それはもう、そうなんでしょうね」

いきなり話を振られ、義信は反射的に相槌を打った。

実を言えば義信は兵隊が嫌いで、過去に兵役検査をすっぽかしたこともあるのだが、うっかりそんなことを告白したら張り倒されかねない。吾妻は義信の適当な返事に顔をしかめた後、鏡太郎に向き直って話を戻した。

「ともかく、妻の講師はお前に任せる。陰気な上に要領も悪い女だが、あれでも私にとっては大事な妻だ。頼んだぞ」

「承りました」

「うむ。……ああ、それと、根も葉もない噂は気にするな。いいな」

抑えた声で吾妻が言い足す。「噂？」と疑問を覚えた義信だったが、鏡太郎は素直にうなずき、それを見た吾妻少佐は教室から立ち去った。残された二人がどちらからともなく顔を見合わせる。

「泉先生の苦手な部類の方でしょう、今の」

「ご推察の通りです。元は憲兵と聞いていましたから、厳格な方だと予想はしていましたが……。そういう義さんはどうなんです？」

「右に同じです。ご存じの通り、俺は偉い軍人にいい思い出がありませんから」

頭を掻いた義信が苦笑する。

表向きは先祖代々の町人として通している義信だが、実を言えば幕府に仕えた下級の武家の生まれで、武良越義信という名前も元は別人のものだ。幕末の混乱の最中、明治政府に取り入って幕府を裏切った男に家族を殺された義信は、軍で成り上がっていた仇に近づくため、名前を変えたのである。

「武士がそんないいものではないことも、身をもって知ってますからね。武人の心意気だ何だと言われると、つい眉をひそめてしまいます。泉先生もまた、難しい方の依頼を引き受けたものだと同情しますが、その割には嬉しそうですね」

「え？　そ、そうですか？」

「そうですよ」

きょとんと目を丸くした鏡太郎を前に、義信は深くうなずいた。

鏡太郎は一見すると無表情だが、感情が薄いわけではない。むしろ極めて豊かな感受性を持っており、その気持ちは表情ではなく目つきや肌艶に出る。

「喜ぶ理由が分からないんですが……少佐の奥方はそんなに美人なんですか？」

「何ですか、人を面食いみたいに。そもそも奥様の顔は存じません」

「ならばどうしてそんな乗り気に？　あ、もしかして、少佐が去り際に言っていた『噂』とかと関係が」

「それです。勘が鋭くなってきましたね、義さん。……実はですね、件の奥様は、人間ではなく、魚か蛇かもしれないという噂があるようなんですよ」

「魚か蛇？　それは一体どういう――」

「僕も詳しいことまでは知りません。ですが、少佐の奥様が実際にそう言われており、気味悪がられているのは間違いないのです。そうでなければ家庭教師の口が僕なんかに回ってくるはずがありません。いいですか、僕は確かに講師を務めてはいますが、あくまで受講生ですし、しかも春に落第したばかりなんですよ」

「自分で言いますか。……ですが、それで分かりました。要するに厄介な仕事を押し付けられたわけですね。でもそれは泉先生にとっては厄介どころか」

「ええ。むしろ楽しみで仕方ありません」

鏡太郎がすかさず声を被せて強くうなずく。相手の言葉を先取りするのは鏡太郎の調子が出てきた時の癖だ。怪異と神秘と年上の女性をこよなく愛する少年は、輝く瞳を障子窓へと向け、うっとりした口調で続けた。

「実は人間ではなかった女性の話は、古今《ここん》幾つも語られています。僕もその手の話は散々読み、ずっと憧れていましたが、まだこの目で見たことはありません。しかも相手は将校の奥方ですからね、普通だったら話を聞きに行くだけでも一苦労ですが、今回は堂々と会って、面と向かって話せるんですよ？　これが嬉しくないはずがない！ああ、もちろん単なる興味本位ではありませんよ？　困っている方の力になりたいという気持ちはありますし、それが不当な噂なら晴らすべきです。ただ、それはそれとして、人間じゃない方がいいとも思うだけです」

「先生らしいとは思いますが……俺にはどうもピンと来ないですね。そもそも、人間ではない女性というのは、そんなに会いたいものなんですか？」

「当然です。女性は人間ではない方がむしろいい」

即答する鏡太郎である。絶句した義信は、鏡太郎に思いを寄せる貸本屋の少女・瀧《たき》のことをふと思い出し、深く同情した。

＊＊＊

金沢の中心部から見て北の方向に、河北潟という大きな潟湖がある。

細長い陸地で日本海と隔てられた河北潟は、古くから漁業や水運に利用され、文人の好んだ景勝地《けいしょうち》としても知られるが、吾妻夫人が静養しているという別荘は、この河北潟のほど近く、日本海に面した浜辺にあった。

漁村と漁村の間の静かな一角、砂浜の浸食を防ぐために築かれた護岸用の石垣の上に、古風な造りの平屋が一軒、竹垣に囲まれてぽつんと建っている。

最近改築したのだろう、壁も柱も屋根瓦も瑞々しかったが、元は防風林だったと思しき無数の松が屋敷の左右に生い茂っているため、日は高いのに屋敷の周囲は薄暗い。

門前で義信の車から降りた鏡太郎は、興味深げにあたりを見回した。

「せっかくの海辺だというのに、まるで小山か岸壁に挟まれているようですね」

「確かに……。こんな陰気なところで気鬱が治るんですかね？」

車を停めた義信が素直な感想を漏らす。それを聞いた鏡太郎は「場所の好みは人それぞれですからね」と応じ、教本の束を抱え直して門をくぐった。

義信が後に続くと、庭先では粗末な着物を着た男が一人で薪《まき》を割っていた。来客に気付いて顔を上げた男に向かって、鏡太郎が礼儀正しく頭を下げる。

「お邪魔いたします。井波塾から参りました泉鏡太郎と申します」

「ああ、これはこれは。お話は旦那様から伺っております」

擦り切れた手拭いで汗を拭き、男性が一礼を返した。

見たところの年齢は五十歳前後、肌は浅黒く、髪には白いものが交じっている。いかにも人の好さそうなその顔を見るなり、義信は思わず声をあげた。

「喜平《きへい》さん？　来間《くるま》喜平さんじゃないですか」

「えっ？　ああ、君は……そう、義信君でしたか。お元気そうで何よりです」

壮年の男性――喜平が穏やかな微笑を返す。「お知り合いですか」と鏡太郎に尋ねられ、義信はこくりとうなずいた。

昨年、金沢に流れてきた義信が職を探していた時、車屋の仕事を紹介してくれたのが、近所の長屋に住んでいた喜平だった。車夫だった喜平は腰が悪化して引退を考えており、自分の縄張りと車をまとめて引き渡せる相手を探していたのだ。顔が広い上に偉ぶらず、誰に対しても腰が低い喜平は車屋仲間にも慕われており、その引退を惜しむ声も多かった。

そんないきさつを鏡太郎に説明した義信は、喜平に向き直って頭を下げた。

「その節はありがとうございました。喜平さん、いきなり引っ越してしまわれたので、充分なお礼も言えなくて」

「こちらこそ。わしの方もね、腰が痛むようになって、あれ以上車夫を続けるのは無理でしたからね……。車を引き取ってもらえて助かりました」

「なるほど、義さんの恩人というわけですね。今はこちらの別荘にお勤めを?」

「はい。住み込みの下働きとして雇っていただいております」

鏡太郎の問いに微笑を湛えたまま応じ、喜平は屋敷へと振り返った。

「奥様! 先生がおいでになりました!」と喜平が呼びかけると、ややあって前庭に面した格子戸が引き開けられ、線の細い女性が姿を現した。

「遠いところまでありがとうございます。主人が無理を申しまして……。初めまして、吾妻雪《ゆき》と申します」

そう言って深々と頭を下げたのは、年の頃二十二、三ほど、背丈は五尺ばかりの、色の白い娘だった。

青紫色の着物の上に薄衣を掛け、艶のある黒髪を緩く結んでいる。療養中なだけあって頬は薄く、顔色も決して良くはない。だが、長い睫に縁取られた黒目がちな瞳や、柔らかな曲線を描く撫肩《なでがた》、おっとりと優しい声は儚げな魅力を確かに湛えていた。

気品のある、綺麗な人だな……と義信は思い、そして軽く眉をひそめた。雪が現れるのと同時に、潮か磯のような香りが薄く漂ったような気がしたのだ。

訝る義信の前で、雪は二人の来客を見比べ、義信を見て軽く首を傾げた。

「あなたが井波塾からお越しくださった泉鏡太郎先生ですか……？　それにしては、まるで車屋さんのような」

「あ、いや、俺ではありません。俺はただの車屋で、泉先生はこちらです」

「まあ。この、かわいらしい方が……？」

鏡太郎に向き直った雪が目を見開いた。雪も鏡太郎も小柄だが、雪の方が頭半分ほど背が高い。しげしげと見下ろされた鏡太郎は、色白の肌をかっと赤く染め、「何を仰います！」と口早に反論した。

「かわいらしいのは、あなたの方です」

「えっ……？」

「いえ、『かわいらしい』などという凡庸《ぼんよう》な言葉では足りません。美しく整った眉といい、黒く澄んだ瞳といい、その顔《かんばせ》は月の光に包まれた白い玉、紫の襟を深く合わせた様はあたかも黄昏《たそがれ》に見る藤の花。それにそのお声のお優しいこと、あなたのお声を聞いたなら、猛り狂った鬼神の力もたちまち衰えることでしょう」

身振り手振りを交えた鏡太郎が、雪に向かって賞賛の言葉を重ねていく。

始まったな、と義信は思った。この泉鏡太郎という少年は、幼い頃に優しかった母を失っていることもあってか、年上の美人に極めて弱いのだ。

家庭教師にいきなり絶賛されるとは思っていなかったのだろう、ぽかんとした顔で面食らう雪の前で、鏡太郎はさらに続ける。

「それにお名前もまた趣深い……！　雪様と仰るのですよね。確かに、その佇まいの儚げな美しさは、まさしく雪のよう……いえ、雪上臈《ゆきじょうろう》のようです」

「雪上臈とは……？」

「分かりやすく言えば雪女です。雪の降り積もる夜に家々を訪ね、素行の悪い子供を連れ去るという白衣の女妖です。僕の憧れの存在で」

「泉先生、もうそのへんで」

熱弁を続ける鏡太郎を義信がそっと遮った。

それなりに付き合いの長い義信には「まるで雪女」というのが鏡太郎なりの最上級の誉め言葉だと分かるが、初対面の相手にそれが通じるはずもない。水を差された鏡太郎は我に返って黙り込み、少し間をおいた後、顔を赤くして頭を下げた。

「す、すみません、つい……。奥様があまりにお美しかったもので……」

「まあ。もったいないお言葉、光栄に存じます。それと、私のことは『雪』で結構ですよ、先生？　私も『鏡太郎先生』とお呼びしてもいいですか？」

「は、はい！　もう、何なりとお好きなように！」

優しく問いかけられた鏡太郎が、耳まで真っ赤にしながら何度もうなずく。その様が微笑ましかったのだろう、雪は長い袖口で口元を隠して上品に微笑んだが、義信が「車屋の武良越義信です」と名乗った途端、その顔から笑みが消えた。

「武良越――義信様……」

小さな口が聞いたばかりの義信の名前をつぶやき、雪はそれきり黙り込んでしまった。ただならぬ様子の雪を前にして鏡太郎が訝しむ。

「義さん、雪さんともお知り合いだったんですか？」

「え？　いや、そんなことはない……と思うんですが……」

困惑した義信が語尾を濁す。明治維新の頃に江戸を出て以来、あちこちの土地を渡り歩いてきたので、出会った相手を全員覚えているわけではないが、少なくとも義信の記憶の中には、目の前で絶句している女性の姿はない。

戸惑った義信が「どこかでお会いしましたか……？」と尋ねると、雪ははっと息を呑み、うつむけた顔を左右に振った。

「……いいえ、私の勘違いでした。申し訳ございません」

明らかにただの勘違いではなさそうな態度だったが、本人がそう断言する以上、追及するわけにもいかない。すっきりしないものを抱えたまま、義信は「そうですか」とだけうなずき、隣の鏡太郎と視線を交わした。

玄関先での挨拶が済んだ後、鏡太郎は雪とともに屋内に移動して講義を始めたが、義信は庭に留まって喜平から話を聞くことにした。

義信が庭先の縁台に腰を下ろすと、喜平はその隣に座って煙管《きせる》をくわえ、ごつごつと節くれだった手で自分の腰を撫でた。

「わしも車屋はそこそこ長くやらせてもらいましたが、あのあたりが頃合でしたからねえ。腰がもう、いけませんでした」

「大変ですね……。今は大丈夫なんですか？」

「おかげさまで。これはもう持病のようなものですし、幸い、今はいいお仕事をいただいております。奥様もお優しい方ですから……」

ふう、と煙草の煙を吐いた喜平が屋敷に目を向ける。義信もそれに釣られて建物へ目をやった。「武良越義信」という名前を聞いた時の反応こそ気になったが、雪がおっとりした優しげな女性であるのは間違いない。「確かに優しそうな方でしたね」と義信が相槌を打つと、喜平はしみじみとうなずき、ふと顔を曇らせた。

「……もっとも、おかしな噂をする連中もおりますが」

「噂？　噂というと、あの――」

義信の言葉が不自然に途切れる。つい反応してしまったものの、「実は人間ではなくて魚か蛇だと聞きましたが」などと聞けるわけもない。義信は話題を変えようとしたが、その時、竹垣の外から、どたどたと賑やかな足音が近づいてきた。

門の前にぞろぞろと現れたのは、いずれも粗末な身なりの子供たちだった。

近くの漁村の子なのだろう、竹竿や網や籠を抱えた五、六人の子供は、示し合わせたように門前で立ち止まり、別荘に向かって声をあげた。

「やーい、魚女房！　蛇女房！」

「鱗《うろこ》が風呂場に浮いてたそうな！」

「床も畳もビッショビショ！」

「身投げをしても死にきれず、エラに昆布が絡まったそうな！」

幾つものあどけない罵声が前庭に響く。驚く義信の隣で、喜平が立ち上がった。

「こら！　いい加減にしないか！」

怒声をあげた喜平が速足で門へ向かっていくと、喜平や義信が庭先にいたことに気付いた悪ガキたちはギョッと目を見開き、慌てて逃げ去ってしまった。

その逃げ足は速く、腰の悪い喜平が追い付けるものではない。ようやく門前まで出た喜平は、遠ざかる後ろ姿を睨みつけ、隣に来た義信を見上げて苦笑した。

「全く、困った悪ガキどもです……。しばらく前から、ここは連中の度胸試しの場になってしまっているんですよ。奥様はお優しい方ですから、子供のやることだから気にならない、好きにさせておきなさいと仰るのですが、わしは不憫で……。大体、あんなめちゃくちゃな噂がありますか。奥様は人ですよ」

「それはまあ、そうでしょうね」

「そうですとも。そもそも奥様は、生まれも育ちもはっきりしたお方です。京の都の出来た頃から続くお公家様——今の言葉で言えば華族のお姫様ですよ、あの方は。お家は代々、和歌を教えておられるそうで」

「京都の華族のお嬢様……？　なるほど、気品があるわけですね。では、あの亭主……ご主人の吾妻という将校とはどういうご関係で？」

「旦那様は、長州《ちょうしゅう》のお武家の血筋だと聞いております。どこにでもよくある話でございますよ。古い貴族は生計《たつき》の道が欲しい、成り上がった薩長の士族は名が欲しい……。家同士、親同士の利害が一致すれば、それで嫁入りは決まります」

　喜平が語った言葉は少なかったが、義信が経緯を理解するには充分だった。

　明治維新で多大な権力や財力を得た薩摩《さつま》や長州の出身者には、自分たちの家柄に対して引け目を抱えている者も多く、一方、代々続く伝統的な公家には、収入が少なくて困窮している者も少なくない。金に困った雪の親や一族が、資金援助と引き換えに、伝統のある家との血縁を求めていた吾妻家に雪を差し出したということらしい。

　しかし、京の華族のお嬢様と金沢の軍人の嫁とでは生活がまるっきり違う。おそらく雪は新しい家での暮らしが肌に合わず、心身の調子を悪くしてしまったのだろう。

また、長州系の軍人を下手に怒らせると厄介なことになるのは誰でも知っているので、井波塾の講師たちが雪の指導を敬遠したのも理解はできる。

義信はなるほどと納得し、その上で軽く眉間を寄せた。

「お話はよく分かりましたが……しかし、だとしたら、例の噂は一体どこから生えてきたんです？　事実無根だとしても、あまりに荒唐無稽《こうとうむけい》では」

「……事実無根というわけではないのです」

前庭に戻った喜平がぼそりと小声でつぶやく。え、と義信が見下ろした先で、腰の悪い老人は気まずそうに目を逸らし、抑えた声で続けた。

「ここだけの話ですが、奥様の周りに鱗が落ちていたことが何度もあります」

「鱗……？　魚の、ですか？」

「ええ……。歩かれた後が濡れていたこともありますし、日暮れ時や明け方には、よく海を眺めておられます。故郷を懐かしむような、悲しげなお顔で……。わしは夜は早く寝てしまうのですが、夜半、お一人で夜中に浜に出られることも多いようで……。理由をお尋ねしても、何も言ってくださいません。それに、義信君も気付かれたでしょう？　あの、何とも言えない、潮のような、磯のような香りに」

「……はい」

一瞬どう答えようか迷った後、義信は正直にうなずいていた。

さらに義信は「あの香りは、海が近いからではないんですか」と尋ねたが、喜平はきっぱりと首を横に振った。

「わしは奥様が来られる前からここの管理に入っていますが、あんな匂いはしませんでした。あれは、潮風や波の匂いとはまるで違います」

「そうなんですか？　だったらどうして……」

「分かりません。わしには何も」

困惑した義信の前で喜平は再度首を横に振り、軒下にあった手桶を手に取った。

「さて、あの子供らが通ったということは、漁に出ていた船が帰ってきたのでしょう。わしはちょっくら、今夜の奥様のおかずを仕入れに行ってきます。以前は物売りが来てくれて、奥様が手ずから対応されていたんですがね、例の噂が立ってからというもの、気味悪がって来てくれなくなってしまい……」

「色々と大変なんですね……。俺もご一緒しましょうか」

「お気遣いなく。これはわしの仕事ですので、どうぞごゆっくり」

義信に笑いかけ、喜平は門をくぐって出かけていった。

一人残された義信は、屋敷を見やって考えた。鏡太郎の講義はまだしばらく終わらないはずだし、ぼんやり庭先に座っていても暇なだけだ。義信はそのあたりを適当に歩いてみることにした。

別荘を出た義信があてもなくぶらぶらと歩いていくと、小さな神社が目についた。標柱には「須々幾《すすき》神社」と神社の名が彫られ、境内《けいだい》ではさっき見かけた子供たちが遊んでいる。足を止めた義信を見て、子供の一人が声をあげた。

「あ！　海神別荘にいたおっさんだ！」

「追っかけてきたのか？　もしかしてあの屋敷の新しい用心棒？」

「ど、どうしよう、海に引きずり込まれて食べられちゃうかも……」

「怖がってんじゃねえぞ！　やいおっさん、食えるもんなら食ってみろ！」

震える少女をどやしつけ、ガキ大将らしき少年が歩み出る。睨みつけられた義信はやれやれと呆れて溜息を落とした。

「落ち着けよ。俺はただの車屋で、講師の先生を乗せてきただけだ」

「……じゃあ、海神別荘の用心棒じゃねえのか？」

「当たり前だ。と言うか、その『海神別荘』ってのは何だ。あの別荘のことか？」

腕を組んだ義信が問い返すと、ガキ大将は小さくうなずいた。

「あのお屋敷の仇名《あだな》だよ。おっさんは知らねえみたいだから教えてやるが、あの家はな、何十年か前に、海運で儲けた金持ちが、海の神様を祀るために建てたんだ」

「海の神様を祀った別荘だから海神別荘ってことか」

「そうだよ。分かりやすいだろ？　でもな、その金持ちは、別荘を建ててすぐに船の事故で死んじまった。海の神様に入れ込みすぎて、海に連れて行かれちまったんだ。で、それっきり、あの別荘はずっと買い手が付かなかった」

「それを吾妻少佐が買ったわけか。……しかし、今のは本当の話か？」

「疑うのかよ。村ではみんな言ってるぞ？　なあ」

「うん。だから海は怖いんだって聞いた」

「おっとうも、あそこに住むものは魚か蛇か、とにかく陸のものじゃねえって」

「そんなわけがあるか。いいか、あの奥様は――」

思わず口を挟んだ義信だったが、その反論は続かなかった。

――事実無根というわけではないのです。

ついさっき喜平から聞いた言葉が脳裏に蘇り、義信の言葉が止まってしまう。

急に口ごもった義信を、ガキ大将は心配そうに見上げ「おっさんも気を付けろよ。連れて行かれてもしらねえぞ」と忠告した。その眼差しや口調はあくまで真剣で、義信は「馬鹿馬鹿しい」と思いつつも、自分の背中が震えるのを確かに感じていた。

＊＊＊

義信が別荘に戻ってても、喜平は買い物から帰ってきていなかった。静かな前庭で義信が待っていると、やがて玄関の格子戸が開き、鏡太郎と雪が顔を見せた。

「お待たせしました、義さん」

「お疲れ様です、泉先生。奥様もお疲れ……奥様？　ええと、俺が何か？」

労いの言葉もそこそこに、義信は怪訝な顔で問いかけた。

鏡太郎の隣に並んだ雪は、ひどく神妙な顔で義信をじっと見つめている。困惑した義信が大きく眉をひそめると、雪はあたりに誰もいないことを確かめた上で義信に近づき、抑えた声を発した。

「……鏡太郎先生から伺いました。武良越様のお名前は生まれついてのものではなく、そのお名前の持ち主と姓名を取り換えられたのだ、と」

「泉先生？　喋ったんですか？」

「す、すみません……！　『あの車屋さんは本当に武良越義信様なのですか』と面と向かって問い詰められると、つい、ぽーっとなってしまって……」

義信に見つめられた鏡太郎が申し訳なさそうに肩を縮める。好みの美人に迫られて口が軽くなってしまったらしい。義信は「先生らしいですね……」と苦笑し、改めて雪に向き直り、首を縦に振った。

鏡太郎が話してしまった以上、誤魔化しても仕方ない。そもそも名前を変えたのは仇に近づくためだったが、その仇ももういないので、明かしたところで問題はない。

「はい。俺の元の名は『早瀬力《はやせちから》』。『武良越義信』の名前は、五年ばかり前、東京に戻っていた頃に知り合った男と取り換えたものです」

「そうなのですね……！　では——」

「あの、ちょっとすみません。秘密を明かした僕が言うのも何ですが、屋外で話すことでもないのでは……？」

勢い込んで問いかけた雪を鏡太郎が小声で制する。

鏡太郎の言い分ももっともなので、三人は別荘に入ることにした。

屋敷内は綺麗に掃除されており、風通しも良かったが、潮っぽい香りがそこかしこに漂っており、義信は顔をしかめないよう気を付けねばならなかった。雪は座敷へ二人を案内し、義信が座布団の上に正座をするなり、身を乗り出して口を開いた。

「それで、武良越様は……ああ、車屋さんのあなたではなく、本当の武良越義信様のことですが、その方は、車屋さんより少しお若くて背も低い、優しげな顔立ちの若者ではありませんでしたか？　甘茶と飴がお好きで、煙草が苦手で、秩父で自由民権運動に関わっておられたのではありませんか？」

「はい？　いや、好みまでは知りませんが……ただ、秩父の運動家だったのは確かです。しばらく後に秩父事件が起きて、あいつがやろうとしていたのはこれか、と思ったものです」

明治十七年（一八八四年）、埼玉県の秩父にて、困窮した約一万人の民衆が「秩父困民党」を名乗って一斉に蜂起した。民衆たちは高利貸しの屋敷や役所を急襲・制圧し、一帯を支配するまでに至ったが、陸軍の憲兵隊らによって鎮圧された。これが「秩父事件」である。明治に起こった民衆運動の中でも最大規模のもので、明治政府はこの事件を西南戦争と同規模の内戦として扱ったという。

「あいつは、『地元の警察に目を付けられたので名前を変えたいんです』と言っていましたが……しかし奥様、なぜそれを？　あいつを――本当の武良越義信を――ご存じなのですか？」

「恋仲でした」

雪の短い言葉が静かな奥座敷に響く。

義信、そして鏡太郎がはっと息を呑んで驚く中、雪は指に搦めた袖を強く握り、本当の武良越義信との思い出を語った。

秩父の大きな養蚕農家に生まれた武良越義信は、十代半ばの時期、京都の絹問屋に奉公していたのだ、と雪は語った。

当時の義信は、没落貴族であった雪の家にも出入りしており、雪と知り合ったのはその時で、二人はどちらからともなく惹かれ合った。家名を重んじる雪の家族は二人の交際を許さなかったが、二人はこっそりと文通を続けた。

やがて義信が故郷に帰り、重税や金貸しの高利に耐えかねて民衆運動に関わるようになってからも、近況を告げる手紙は京都で暮らす雪の元に不定期に届いていたが、その回数も徐々に減り、四年前の便りを最後に途絶えてしまったのだという。

「あの方に何があったのか、私は何も知りません。私には、それを調べてもらう伝手《つて》も、私が吾妻の家に嫁入りして金沢に来たことを知らせる術もないのです。だから私は、ただ、彼の身を案じることしかできなくて……。武良越様は、あの方が今どうしているのか、何かご存じではありませんか？」

「うーん……。最後の手紙が四年前ってことは、俺と名前を取り換えた後ですよね。あいつと会ったのは名前を換えた時だけですから、その後のことは何も……。申し訳ありません、お力になれなくて」

雪に食い入るような視線を向けられ、義信は語尾を濁して頭を下げた。雪には同情するが、実際に知らないのだから答えようがない。そうですか、と残念そうにつぶやく雪に、鏡太郎が問いかける。

「あの、差出人の住所や名前から辿ることはできないのですか？　差出人の名は、四年前の時点でも武良越義信さんだったのでしょうか」

「いいえ。でも、手紙に書かれたお名前やお住まいは、いつも仮のものでしたから……。あの方とお付き合いすることを、私の家族は認めていませんでしたので、気付かれるわけにはいかなかったのです」

「そうでしたか。となると……」

鏡太郎は眉根を寄せて考え込んだが、いい知恵が浮かばないのだろう、次の言葉が出てこない。黙考する鏡太郎を見て、雪は嬉しそうに微笑んだ。

「お気遣いありがとうございます、鏡太郎先生。それに、武良越様も」

「はい？　いや、俺は別に何も」

「何を仰います。武良越様と今日お会いしていなければ、私は、あの方の今のお名前を知ることはできませんでした。――今は、それだけで充分嬉しゅうございます」

義信に向き直った雪が上品に一礼する。本当はかつての恋人が心配でならないことは言葉の端からしっかりと伝わってきたが、当人が充分と言っている以上、そこを掘り下げるわけにもいかない。義信は鏡太郎と視線を交わし、「どういたしまして」と煮え切らない言葉を返した。

＊＊＊

鏡太郎を乗せた義信の車が別荘を出た頃には、既に日は海へと沈みつつあった。

西に開けた海辺では、夕日を遮るものはない。義信は長い影を伸ばしながら黙って車を引いて歩いていたが、その背中に向かってふいに鏡太郎が呼びかけた。

「あの……大丈夫ですか、義さん?」

「え?　大丈夫かとは、何が」

「何が、というわけではないですが……背中が辛そうに見えたので、つい」

「……ああ、すみません。ちょっと色々驚いただけです。あの奥様が、俺と名前を取り換えた相手と恋仲だったという話が寝耳に水で……」

「それはまあ……そうでしょうね」

「俺は、本物の武良越義信のことはほとんど何も知らないんです。あの夜、『お互い、知らないままの方がいい』と話し合って、名前を交換してそれっきりです。だから気にしていなかったんですが、こんなことになるなら連絡先を聞いておけばと、さっきからそればかり考えてしまい……」

　重たい足取りで歩きながら、義信が悔しそうな声を漏らす。それを聞いた鏡太郎は何も言わなかったが、短い間を挟んで「そう言えば」と口を開いた。

「僕が雪さんに講義している間、義さんは何をされていたんです?」

　どうしようもないことに悩む義信を気遣ってのことだろう、鏡太郎が話題を変える。義信は気配りに感謝し、喜平や子供たちから聞いた話を語って聞かせた。鏡太郎は興味深げに耳を傾け、義信が話し終えると「なるほど」とつぶやいた。

「あの屋敷にはそんな来歴があったわけですか。海運で儲けた人が海の神を祀るのも、船の事故で亡くなるのも、別段不思議な話ではないですが、怪談の由来としては充分ですね。それで、義さんはどう思います？　雪さんは海のものだと？」

「それは……。泉先生こそどうなのです？　奥様と一緒にいられたわけですが」

「……そうですね。喜平さんの言葉を借りれば、事実無根ではないとは思います」

短い沈黙を挟んだ後、鏡太郎が静かに告げる。意外な返答に、義信は思わず「え？」と声を発していた。義信が肩越しに振り返った先で鏡太郎が続ける。

「厠の前の手水場に、小さな銀色の鱗が落ちているのを見ました。あの独特の潮のような香りは言うに及ばずですし、雪さんは講義の間、ずっと波音を気にしておられるようでした。それに、あの方の着物の袖や裾が妙に長いことには気付かれましたか？　雪さんは、手の甲から先と首から上しか肌を見せていないのです。まるで何かを隠しているように」

「どういうことです？　……あ！　まさか、鱗が生えているとでも言いたいんですか？　やはり正体は魚か蛇だと？」

自分の発想に驚いた義信が困惑して問いかけたが、鏡太郎は首を縦にも横にも振らなかった。「しかし」と義信が質問を重ねる。

「どこの何者か分からないならともかく、あの人にはしっかりした経歴があるじゃないですか。生まれ育った家があり、恋人だっていたんですよ。そんな人が——」

「それは反証にはなりませんよ。『人間として生まれ育った女性が、実は人間ではなかった』という話は日本中にあるんです。無論、この近くにも」

鏡太郎は眩しそうに夕日を見やり、一呼吸を挟んでから話し始めた。

「金沢の町から見て東の方に、医王山という山があります。『医』の字にちなんで医者の信仰を集める山ですが、これは、そこにまつわる伝説です。昔、金沢の裕福な商家の娘が難病にかかり、『医王山の山頂の大池の水を飲ませると治る』とお告げがありました。実際に飲ませてみるとこれが効く。ぐんぐん回復してきた娘は、現地で直接水を飲みたいと言い出し、両親は娘を池まで連れて行くんです」

「ふむふむ」

「すると娘は池に口を付けて水を飲み始め、吸い込まれるように水の中へ消えてしまう。驚いた両親が娘を呼ぶと、水中から大きな蛇になった娘が現れます。娘は『自分は実はここの大蛇だったのです』と言い残し、大池に消えたと言います」

「え。どういうことです？　その娘は、両親の間に生まれた子供なんですよね？　なのに元々大蛇だった……？」

「どう解釈すべきなのかは僕には分かりません。類例の多い話ですから、口伝えを繰り返しているうちに内容が変わってしまったのかもしれません。実際、『娘は元は人間だったが、水の神として選ばれたので大蛇になった』という話もありますから。ともかく、僕が言いたいのは、水界が女性を呼び寄せて引き込んでしまう話は古くから多く伝わっており、生まれた時は人間でも油断はできない、ということです」

「な、なるほど……？」

釈然としない声で義信は相槌を打った。

それはあくまで昔話で、そんなことがあるはずはない……と割り切ってしまいたいところだが、そうすると雪にまつわる怪しい物事に説明が付けられない。

逆に、雪が海に帰る運命を背負った女性だと考えると、筋が通ってしまうのだ。

黙り込んだ義信の後ろで鏡太郎はさらに続けた。

「海に呼ばれる女性といえば――義さん、須々幾神社に行かれたんですよね」

「どうということもない普通の神社でしたよ。あそこがどうかしたんですか？」

「その神社は、海に帰る女性の物語の舞台なんですよ。昔、鈴木なにがしという若い武士が、河北潟で大きなスズキを釣り上げたところ、そのスズキは美しい女へと変わった、というお話です。二人は夫婦となり子供も生まれましたが、やがて竜宮からの迎えが来たので、女は一尾のスズキを残して海へと消える」

「はい？　ええと、女自身がスズキなんですよね？　なのにスズキを残す？」

「僕もよく分からないんですが、そう伝わっているんですよ。夫は妻が残したススキを神社の塚に埋め、やがて夫も亡くなって同じ塚に葬られます。以来、塚を祀るのを怠ると疫病が流行り、塚に生えたススキを切ると血が流れると語られています」

「疫病とか血とか、何だか気味の悪い話ですね」

「そうなんですよ。動物が嫁入りする話は色々ありますが、『鶴の恩返し』などと比べると後味がどうにもすっきりしません。この話は、先の医王山の大蛇と比べると知っている人は少ないですが、地元では語り継がれているはずですよ。子供たちの『魚女房』という悪口も、これを踏まえたものでしょう。で、そんなところに、いかにも海に引かれていそうな女性がやってきたら、噂にならないわけがない」

「ああ、なるほど……！」

義信は思わず大きな声をあげていた。いくら怪しくとも、「実は雪は人間ではなくて海のものだ」などという非現実的な噂が定着してしまった理由が今一つ分からなかったのだが、元々この土地にそういう話があったとなると話は別だ。

「地元の昔話が現実として目の前に現れてしまったわけか……。そりゃあ子供が信じますね。まあ、雪さんにとってはたまったものじゃないですが」

「同感です。……もっとも、それもあくまで噂が噂であれば、の話ですが」

「そうなんですよね……。あの、ちょっと思ったんですが、直接奥様に聞いてみるというのは駄目なんですか？」

「駄目です」

凄まじい速さで即答する鏡太郎である。さらに鏡太郎は「絶対駄目です」と重ねて念を押し、眼鏡越しに義信をキッと睨んだ。

「いいですか義さん。古今東西、何かが化けた女性に対して一番してはならないのが、正体を確かめることなんですよ。『もしかしてあなたはあれじゃないのか』と、そう問いかけてしまったばかりに、唐突な別れを迎えることになる話がどれだけあるか！　鶴も狐も蛇も蛙も、鳩も鯉もハマグリもタコもみな同じです」

「ハマグリやタコも女に化けるんですか……？」

「有名ですよ。海産物はだいたい化けます」

しれっとした顔でうなずくと、鏡太郎は人力車の座席に深く腰掛け、雪の別荘の方向に目をやった。

「それに、本性が何であれ、雪さんは素晴らしい女性です。万一、いずれ海に帰る定めだとしても、地上に居られる間だけでも、あの人の気晴らしの手伝いができればそれでいい……。僕はそう思います」

しみじみとした口調で鏡太郎が語る。それについては全く同感だったので、義信は、そうですね、と同意し、梶棒をぐっと強く握った。

＊＊＊

翌日以降も、義信は一日おきに鏡太郎を車に乗せ、雪の別荘へと運んだ。

雪は鏡太郎と気が合ったようで、講義を重ねる度に、青白かった顔にほんの少しずつ血色が戻り、それを見た喜平は「このまましばらく先生が通い続けてくれたら、奥様もお元気になられるに違いありません」と嬉しそうに語った。

だが、家庭教師が始まって半月ほどが経ち、梅雨が本格化した六月半ばのある日。いつものように海辺の別荘を訪れた鏡太郎と義信を、沈鬱な表情の雪が出迎えた。

「夫のところへ戻ることになりましたので、鏡太郎先生の講義を受けられるのは今日が最後になります。本当に、急な話で申し訳ございません……。お礼は当初お願いしていた期間の分お支払いしますので、どうか」

「えっ？　あ、いや、受講料のことなんかどうでもいいですが――しかし、どうしてそんな急に？　失礼ですが、雪さんは復調されたわけではありませんよね？」

雨音の響く玄関先で、鏡太郎が下駄を脱ぐのも忘れて問いかける。

その通りだと義信は思った。若干顔色が良くなってきたとは言え、雪の様子は初めて会った時とほとんど変わっていないのだ。

と、上がり框《かまち》に正座した雪は、脇に無言で控える喜平とちらりと視線を交わし、辛そうに目を伏せて続けた。

「昨日、夫が泊まりに来まして……。近々、夫は、軍や警察のお偉方を自宅で接待するのだそうです。そんな時に家に妻がいないのは格好が付かないと」

「そんな理由で!? ですが、雪さんはそもそもその家での暮らしが合わなくてお体を悪くされたわけでしょう? 治ったわけでもないのに戻れば、また――」

「殿方は体面を大事にされるものですから……。申し訳ございません、先生」

「やめてください! 雪さんが謝ることではありません」

雪の謝罪を鏡太郎が遮り、しん、と玄関先が静まりかえる。いたたまれない沈黙が満ちる中、鏡太郎は少し潤んだ瞳を雪に向け、口を開いた。

「雪さん。何か、したいことはありますか?」

「したいこと……?」

「はい。僕は不甲斐ない家庭教師でしたが、講師として呼んでもらったからには、最後まで、できる限り、生徒の希望に応えたいと思います。こんな話をしろでも、あれを見せろでも、僕にできる事であれば言ってください。何がしたいですか?」

「鏡太郎先生……」

痛切な声での問いかけに、雪ははっと顔を上げた。

上がり框に正座をした雪と土間に立つ鏡太郎とでは、鏡太郎の方が少しだけ顔の位置が高い。蒼白な顔の雪は——あれは蛇だ、いや魚だ、いずれ海に帰るのだと噂され続けている女性は——まず鏡太郎を見つめた後、しとしとと細かい雨の降り続ける屋外に目をやり、つぶやくように言った。

「……私、海を見に行きたいです」


鏡太郎が赤茶色の和傘を掲げると、雪はいそいそとその下に入り、二人は連れ立って海岸へ出た。

喜平は雪を送り出す支度があるとかで別荘に残ったが、義信は自分の傘を差して鏡太郎たちに続いた。喜平に「奥様に万一のことがあるといけません。男手は多い方がいいです」と言われたためだ。

義信が一人で歩く少し先を、同じ傘に入った鏡太郎と雪が並んで歩いていく。

鏡太郎の方が雪より少し背が低いため、後ろから見ると、鏡太郎が頑張って背と手を伸ばしているのがよく分かり、義信は思わず微笑した。

雪が海を見たいと言い出した時、鏡太郎はその理由を尋ねなかった。義信も尋ねるつもりはなかったが、この人が何者なのか、結局確信は持てないままだったな、とは思った。

　雪は、憂いを帯びた横顔を雨の降る海に向け、砂浜をゆっくりと歩いていたが、やがて、河北潟から流れ込む広い河口の近くで足を止めた。

　河口には潟湖との行き来のために簡素な船着き場が設けられており、屋根のない小舟が杭に舫《もや》われ、雨に濡れている。ひと気のない船着き場で立ち止まった雪は、川の流れを追うように川面から沖へと視線を向けた。沖には風が出ているようで、曇り空の下、白波が大きくうねっている。

「雨の日の海は素敵ですね……。いつにもまして吸い込まれそうで」

「海は古来、人を誘う異界ですからね。そんな話が幾つもあります」

「覚えています。鏡太郎先生は、海のお化けのこともたくさん教えてくださいましたものね。水を汲み入れて船を沈める船幽霊、波間に揺れる海坊主、船乗りを呼ぶ奇妙な声、そして、ぼやぼや、ぶくぶくと燃えながら船に絡みついて、どこかに連れ去ろうとするあやかし……。どのお話も怖くて、でも不思議と美しくて、とても面白かったです」

「そ、そんな……恐縮です……」

　雪に見下ろされた鏡太郎の顔が赤くなる。そのやり取りを聞き、義信は思わず鏡太郎に問いかけていた。

「……泉先生、一体何を教えていたんです？　国語の講義だったはずでは」

「仕方ないじゃないですか。最初に話してみて分かったのですが、雪さんの知識は僕よりはるかに上なんです。僕に教えられることなんかありません。それで、たまたまお化けの話をしたら、とても喜んでくださったので、つい……」

「ああ、なるほど」

好みの年上の美人に怪異の話をせがまれて鏡太郎が拒めるはずがない。義信が深く納得していると、雪は義信へと振り返り、弟を自慢する姉のように微笑んだ。

「先生は本当にすごい方です。こんなに物知りな殿方、私は初めてお会いしました……。まるで、古今東西の書物を一冊に綴じた本が頭の中に収まっているようで」

「い、いえ、僕はそんな大したものでは……。第一、僕の知っていることはどれも、本で読んだり人から聞いたりしたものばかり、ただの受け売りに過ぎません。海の怪異を語っているくせに、船で沖に出たこともろくにない」

「そうなのですか？」

「はい。船に乗る機会が少なかったのもありますが……おそらく僕は、潜在的なところで海が苦手なんだと思います」

「苦手？　溺れてしまうからですか？」

「陸と隔絶した世界だからです。山も海も等しく異界ではありますが、山に迷い込んでも即死することはありませんし、山で消えた人が数日後、あるいは数年後に下りてきた話はいくらでもあります。その気になれば、そこに根付いて生きていくことだってできる。実際、そういう風に生きている方がいることを、僕は知っています」

沖とは逆方向、小雨にけぶる山々を眺めながら鏡太郎が言葉を重ねる。

あの山姫のことを思い出しているのだろうな、と義信は理解した。

少し前、鏡太郎と義信は「山の民」と呼ばれる人々と関わりを持った。山の民は里の人間たちとは別の文化と歴史を育んできた集団で、山姫はその指導者のような立場の女性であり、鏡太郎が強い憧れを抱いた相手でもあったが、春先に起こったある事件を最後に姿を見せていない。

懐かしむように山を眺めた後、鏡太郎は「ですが」と海に向き直った。

「海は、全てが山の反対です。山に登るのにはそれなりに力が要りますが、海に沈むのは簡単です。そして、足が付かなくなればもう、そこから先は人が生きられる世界ではない。底が見えず、光も差さず、どんなものが棲んでいるのか分からない深淵の領域……。伝説や昔話でも、海に引き込まれてしまった者はまず帰ってこられません。帰ってこられたとしても、以前と同じように生きていくことはできない」

「ああ、蛇になってしまった娘のお話ですね。私、あの話がなぜかとても好きで……。武良越様はご存じですか？」

「俺ですか？　ええと、蛇になった娘というと、先日泉先生が教えてくれた医王山の急に話を振られた義信が問い返すと、鏡太郎は首を軽く横に振った。

「似てはいますが、また別の話です。この話では、海の竜神に見込まれ、生贄《いけにえ》として竜宮に差し出された少女が、故郷が恋しくなって里に返してくれと頼むんです」

「ですが、少女が里に戻ってくると、それを見た家族や友人は怯えて悲鳴をあげるのです。なぜなら、里の人の目には、少女の姿が大きな蛇に見えていたから……」

鏡太郎の語りを受けて雪が続ける。「どうしてです」と義信が尋ねると、答えたのは鏡太郎だった。

「そういうものだからとしか言えません。古来、一度水界に入った人間は蛇になると言われているんです。どんな美しい人であっても、一度竜宮の住人になったが最後、故郷に姿を見せたとしても、誰の目にも蛇としてしか映らない。ただの蛇ではありませんよ。竜のごとき威容と力を備えた大蛇です。口を利いたつもりでも真っ赤な舌がひらめくばかり、息を吐けば煙が渦巻き、涙は硫黄となって草を焼く」

「それはまた恐ろしい……。で、娘はどうなるんですか、泉先生」

「どうもなりません。自分はもう里では生きていけないのだと悟り、竜宮へと帰って、そこで話は終わりです」

「でも、毎年、特定の日に、大蛇となった娘が帰ってくるので、家じゅうの戸を閉め切って迎える、という結末になっているものもあるのですよね。その日には庭先から玄関までがぐっしょりと濡れている、という……。私は、二度と陸には帰らなかった結末の方が好きですが」

そう言うと、雪は青白い顔を海原へと向けた。黒目がちの目が沖の荒波をまっすぐ見据え、小さな口が落ち着いた優しげな声を発する。

「鏡太郎先生は、海は陸と隔絶しているから怖いと仰いますが、私は、それこそが海の魅力だと思うんです。陸のすぐ傍にあり、簡単に足を踏み入れることもできて、でも、二度と帰れない世界。それこそが海なのだと思います。だから――」

そこで雪の言葉は途切れた。

鏡太郎たちが無言で見守る中、雪は景色を目に焼き付けるように黙って沖を見つめ続けた。やがて、船着き場や砂浜の様子を見回した雪は、鏡太郎たちに向き直り、血色の悪い顔に精一杯の笑みを浮かべ、深く頭を下げたのだった。

「今日はありがとうございました。来られて良かったです」

＊＊＊

最後の講義を終えて別荘に戻った頃には、日は傾きかけていた。

鏡太郎と義信は雪と喜平に別れを告げて別荘を後にしたが、鏡太郎は門を出るなり足を止め、義信に小声で告げた。

「義さんは一人で帰ってください。雪さんが心配なので僕はここに残ります」

そう言うと鏡太郎は座席にあった菅笠を被り、小雨の中、別荘の脇の松林に駆け込んで身を隠してしまった。帰れと言われても、そんな事を聞かされて素直に帰れるはずもない。義信は人力車を松林に隠し、鏡太郎に付き合うことにした。「お隣失礼します」と笠を被った頭を下げた義信を見て、鏡太郎が訝しむ。

「どうして義さんまで」

「雪さんのことと聞いたら放ってもおけませんよ。俺に名前を譲ってくれた男にとっての大事な人なんですから。しかし、あの人に何が起きるというんです？」

「……それはまだ言えません」

「僕の取り越し苦労であればいいんですが」と付け足しながらも、鏡太郎の視線は別荘の門から外れることはなかった。鏡太郎に話す気がないなら仕方ない。義信は溜息を一つ落とし、黙って別荘に目をやった。

別荘は竹垣で囲まれているため、出入りできる場所は門だけだ。鏡太郎の不安の原因が分からないまま、義信は監視を続けたが、日が沈み、夜が更けてもなお異変は起こらない。波音と雨音が響き続ける暗がりで、義信はあくびを噛み殺した。

「ふわあ……。もうそろそろ、喜平さんは寝入った頃ですかねえ」

「でしょうね。あの方、夜は早いそうですから。だからこそ、もう動いていないとおかしいんですが――あっ！　まさか！」

ふいに鏡太郎が大声をあげ、松林から飛び出した。

鏡太郎は何も言わずに屋敷の裏へ走っていく。驚いた義信が提灯に灯を入れて後を追うと、鏡太郎は別荘の裏手の竹垣の手前で立ち止まっていた。

竹垣の前からは、一対の小さな足跡が、護岸用の石垣へ、さらに砂浜の方へ延びている。誰かが竹垣を飛び越えて抜け出し、そのまま海へ出たようだ。足跡を見下ろした鏡太郎は「しまった！」と唸り、歯を噛み締めた。

「裏をかかれた……！」

「裏を？　誰かが抜けだしたようですが、これは」

「言うまでもなく雪さんです！　おそらく内側に踏み台か何かを用意したんでしょう。昼間、竜宮から帰ってくる娘が蛇になる話をしたのを覚えていますか？　あの時雪さんは、蛇になった娘が玄関を濡らして通る話にわざわざ言及しました。だから僕はあれをなぞって、濡れた足跡を残して玄関から出て行くつもりだとばかり思っていたんです！　だから門を見張っていたんですが、あの人はもしかして、僕がそう考えることまで読んで……？　だとしたら――」

青ざめた鏡太郎が口早に言葉を重ねていく。よく分からないが、鏡太郎は雪にまんまと一杯食わされたらしい。義信は焦る鏡太郎の肩を摑み、「落ち着いて！」と語りかけた。

「俺はよく分かりませんが、雪さんが出て行ったならとりあえず捜すべきでは？　療養中の人が、こんな雨の中に一人でいるんでしょう？」

「え？　そうか、そうですね……。確かにその通りです。足跡を追いましょう！」

「はい！　そうだ、喜平さんも起こしますか？」

「そんな余裕はありません！　急がないと手遅れになる！」

叫びながら鏡太郎が砂浜に飛び降りた。足跡の主はあえて波打ち際を走ったようで、提灯の灯りの中に浮かび上がる足跡はほとんど消えかかっていたが、向かった方向は辛うじて分かった。昼間に海を眺めた船着き場の方へと向かったらしい。鏡太郎と義信は、足跡を追って、真っ暗な海岸を走り出した。


少し走ると、河北潟から流れ込む河口のあたりに小さな光が見えた。

船着き場に舫われていた小舟の上で小さなランプが揺れている。ランプを手にしていたのは、青色の薄い寝間着を纏った痩身の女性だった。雪である。

船を繫ぎ止める縄は外されており、一本の櫓をぶら下げた小舟は今まさに海へと流れ出ようとしている。屋根も船室もない吹きさらしの船上で、雪は近づいてきた二人に気付き、はっと大きく息を呑んだ。

「鏡太郎先生⁉　それに武良越様も――どうして」

「それはこっちの台詞です！」

雪に怒鳴り返した義信は、提灯を投げ捨てながら水の中へ駆け込んだ。その勢いのまま船の上へ飛び上がり、さらに鏡太郎の手を摑んで引っ張り上げる。

その間にも船は河口からの流れに乗って沖へと流されており、浜辺がどんどん遠くなっていく。激しく揺れる小舟の上で、義信は戸惑った顔を雪へと向けた。

雨に打たれ、波を被った雪の体はぐっしょりと濡れており、薄い着物が細い体に、長い髪が顔や首に張り付いている。真っ暗な沖合を背景に、舳先に立ったその姿は、まるで細身の魚か蛇のようにも見え、義信の背筋がぞっと冷えた。

「奥様……。あなたは一体全体、何を考えているんです？」

「義さん、話は後です！　手伝ってください！　ひっくり返ったら終わりです！」

船尾の櫓を摑んだ鏡太郎が大きな声をあげる。それは確かにその通りだ。

義信が慌てて櫓に飛びつくと、鏡太郎はびしょ濡れのレンズを義信へと向けた。

「助かります！　ちなみに義さん、船を漕いだ経験は」

「あいにくありません」

「ええ……」

それからしばらくの間、義信と鏡太郎は必死に舟を漕いだが、転覆しないよう制御するのが精一杯で、浜に戻ることはできなかった。

ランプは波を被って消えてしまったので、陸地の方向も分からない。お互いの顔すら見えない真っ暗闇の中、船は激しく揺すられ続け、雨が降り止む気配もない。船の縁に摑まって踏ん張りながら、義信は、もう駄目かもしれないな、と思った。


だが幸いにも、高かった波は次第に落ち着き、雨も小降りになっていった。

やがて東の空が白み始める頃、雨は完全に止んだ。

穏やかになった海を、東から昇った朝日が優しく照らし出していく。ゆらゆらと穏やかに揺れる船上で、義信は大きな安堵の溜息を吐いた。

「今度ばかりは流石に死ぬかと思いましたよ……」

「同感です。しかし、あやかしも船幽霊も海坊主も何も出ませんでしたね……。実を言うと、少し期待していたんですが」

濡れ鼠になった鏡太郎が不満げに海原を見回す。鏡太郎らしい不満に義信は苦笑し、そして、舳先に立つ雪へと目をやった。

助かったというのに雪の顔は沈鬱で、今にも泣き出しそうにさえ見える。

「……奥様。改めてお尋ねしますが、どうしてこんなことを？」

「――海に」

「え？」

「海に、帰りたかったからです。陸とは隔絶された、私の住むべき世界へと……」

明瞭な声を雪が発する。意外な――ある意味では予想していた――回答に義信は目を丸くしたが、そこに鏡太郎が口を挟んだ。

「……という物語を演じるつもりだったんですよね、雪さん」

冷静な声が船上に響く。義信と雪が向き直った先で、小柄な家庭教師の少年は、ふう、と息を吐き、悲しそうに肩を丸めた。

「ずっと確認するのをためらっていたんですが……もう、いいですよね？　ここなら誰かに聞かれる心配もありませんし……」

雨と塩水で濡れたレンズ越しに、鏡太郎が雪を見据える。

少しの沈黙の後、雪がこくりと首を縦に振ると、鏡太郎は「今から話すのは、全て僕の推測です」と前置きした上で話し始めた。

「『海神別荘に越してきたあの女性は、魚か蛇か、ともかく人間ではなく、いずれ海へ帰る運命である』……。あの噂は、雪さんが自分で流したものですよね？　浜辺から海を眺めていたのは、海上の漁師に自分の姿を目撃させるため。打ち上げられた魚の鱗を集める目的もあったでしょう。あなたが漂わせていた磯の香りは、海藻を海水で煮詰めるか何かして作ったものを匂い袋に忍ばせていたからだと見ています。別荘に来たばかりの頃は、雪さんが物売りに対応していたそうですから、そこで怪しい挙動を見せれば、噂はすぐに生まれて広がる」

「つまり、鏡太郎先生は、全て私の自作自演だったと……？」

「はい。噂を広めることが目的だったなら、子供たちの度胸試しを止めなかったのも分かります。おそらく雪さんがこれを思いついたのは、療養のために別荘に来られた後でしょう。須々幾神社に伝わる魚女房の話を知った雪さんは、それによく似た物語を仕立てれば、土地伝来の昔話との連想で『あいつは人間じゃない』という噂が拡散されると考えたのではないですか？　そして、それはまんまと成功した。医王山の大蛇の伝説も踏まえましたよね？　これは往診に来たお医者あたりから聞いたものを参考にしたのかと思いますが……」

朝日が照らす船上で、鏡太郎が淡々と言葉を重ねていく。

雪がまるで否定しないところを見ると、鏡太郎の推理はどうやら外れてはいないらしい。そのことに義信はまず驚き、次いでひどく戸惑った。

「待ってください泉先生。もし先生の言う通りだとして、どうしてそんなことを？　そんな噂を広めて、奥様に何の得があるんです？」

「それは――」

義信が訝ると、鏡太郎は言葉を濁し、言い辛そうに雪を見た。続けてもいいですか、と鏡太郎に視線で尋ねられ、雪がうなずく。

「鏡太郎先生はもう、全てお見通しなのでしょう？　どうぞ、続きを」

「はい。……僕は、雪さんの一連の行動の原因は、吾妻少佐、あるいは吾妻家だと考えています。違いますか？」

「……仰る通りです。私には、あの家がどうしても合いませんでした。これから永遠に、あの人の妻として、あの家に閉じ込められて暮らし続けなければいけないということが、私には耐えられなかった」

引き絞るような声が船上に響く。なぜ耐えられないと思ったのか、具体的な理由を雪は口にしなかったが、その表情と昨夜までの行動だけで説得力は充分だった。何も言えない鏡太郎たちの前で、雪は更に言葉を重ねる。

「堪えようとしてはいましたが、ここを出たい、故郷へ帰りたい、と願う気持ちは募るばかりで……涙が落ちることもありました。ですが、それを見ると夫は怒るのです。ここでは悲哀を許さない、悲しむものは殺す、と」

「そんなめちゃくちゃな！　悲しむ自由まで奪うなんて……！」

鏡太郎が反射的に口を挟んだ。同感だ、と義信は思った。吾妻が厳格な性格の持ち主だとは知っていたが、他人の感情まで支配しようとするのは横暴が過ぎる。憤った義信は「何かあるなら、警察に訴えれば」と提案したが、雪は首を横に振った。

「夫は警察とも懇意ですから。明治政府では、薩長の名門の言うことは絶対です。申し出たところで聞き入れてもらえるはずもなく、警察どころか誰かに相談した時点で、その話は間違いなくすぐに夫の耳に入ります。『俺に恥をかかせた』と激怒するのは目に見えています」

「八方塞がりですか……。しかし、そんな男がよく療養を許しましたね」

「夫は、私を大事にしてくれてはいるのです。夫にとっての私は、代々続く京都の公家と姻戚関係を結んだ証……。いわば、貴重な宝玉のようなものですから、大事な金細工が壊れたら職人に修理に出すように、お医者様の言葉は聞くのです。ですが、それも一時凌ぎに過ぎません。もはや何の希望もなく、自決することも考えましたが……でも、そんなことをすると、京都の生家や、取り持ってくださった方に迷惑が掛かってしまいます」

「え。どういうことです？」

「吾妻少佐を怒らせるわけにはいかないということですよ、義さん。自殺するような女を寄越すとはけしからん、と吾妻少佐が怒ったら、雪さんのご実家への資金援助も打ち切られてしまうし、どんな悪評が広められるか分かったものじゃない」

義信の質問に答えたのは鏡太郎だった。再び雪が首肯する。それを見た鏡太郎は大きく息を吐き、やるせない顔を上げた。

「……それで全部分かりました。だからこそ雪さんは、『最初から人間ではなかったものが、本性を現して海に帰った』という物語を仕立てあげ、その上で、海に出て行方不明になろうとしたんですね。生きているのか亡くなったのか、そもそも人だったかどうかすら分からない状況に持ち込んでしまえば、全てはあやふやなまま終わりますから。結果、二つの家の婚姻関係は、宙ぶらりんのまま維持される……」

「そうです。泣き虫で情けない女が自害したなら咎められましょうが、元から竜宮に帰る定めを背負った海の住人だったなら、難癖のつけようがありませんでしょう？

……さすが、鏡太郎先生ですね」

雪は薄く微笑んだが、鏡太郎は笑わなかった。義信も同じだった。

鏡太郎は「行方不明」という言葉を使ったが、荒れた夜の海に小舟で漕ぎ出して助かるとは思えないし、雪には助かるつもりもなかったはずだ。

もし雪の計画が全て上手くいったとしても、その結果、待っているのは当人の死である。ただ自殺するためだけに、こんな手の込んだことをやらざるを得なかった雪という女性の境遇に、義信はひどく心を痛めた。

いかにも聞き辛そうに鏡太郎が尋ねる。

「それで……この後どうされるつもりですか？」

「ご安心ください、鏡太郎先生。私は家に戻ります。ここで無理やり飛び込んだら、先生たちが自決を見過ごした罪に問われることになってしまいます。鏡太郎先生たちを共犯者にするのは、私の本意ではありません。朝のうちに別荘に戻って着替えれば、喜平さんにも気付かれず、何も起こらなかったことにできますから」

「え？　いや、しかし……それでは何の解決にもならないのでは？」

「そうですよ。義さんの言う通りです！　何なら僕が訴え出ることだって――」

「お気持ちは、とても嬉しく思います。ですが――どうか、事を荒立てないでください。それが私からの最後のお願いです」

雪が顔を海へと向ける。さらめく水面は穏やかに凪いでおり、昨夜の荒波が嘘のようだ。海鳥の声が響く中、雪は口を開いた。

「実を言うと、私、一晩中、この船が転覆しないかと願っていたんです。船を覆す波があったなら、私はそれに縋って海の底へと沈んでいけるのに、と……。酷い話ですよね。鏡太郎先生や武良越様も一緒なのに。でも結局、船は沈みませんでした。鏡太郎先生はあやかしや船幽霊が出なくて残念だと言っておられましたが、それは私もなんですよ」

「雪さん……」

「東に光が見えた時、私、もしかして、と思ってしまったんです。船を連れ去るというあやかしが迎えに来てくれたのかと……。でも、違いました」

そう言って雪は東の空を見やり、鏡太郎たちへと振り返って「私の負けです」と言い足した。

朝日を浴びる雪の容貌は相変わらず美しかったが、全てを諦めたようなその微笑はあまりに痛々しく、義信は言葉を返すことができなかった。鏡太郎も押し黙ったままだ。だが、雪が「ご迷惑をおかけし――」と口にしようとした矢先、鏡太郎が再び声を発した。

「……そこまで家に縛られる必要があるんですか？」

「えっ」

「すみません。正直、僕みたいな世間知らずの子供が言うことではないと思います。でも、家名だとか体面だとかより雪さんご自身の方がずっと大事でしょう？　少なくとも僕にはそうです！　家のために雪さんが苦しんでいるなら、そんなもの捨ててしまえばよくないですか？　実際、この義さんなんか、家どころか名前まで変えて、でもこうして立派に生きておられます！　ですよね義さん？」

「え？　あ、はい。まあ……そうですね」

いきなり話を振られた義信が戸惑いつつも同意する。「そんなに立派でもないですが」と小声で付け足した義信は、頬を掻いて雪に向き直った。

「あの……俺からもちょっといいですか？」

「は、はい。何でしょう……？」

「俺はまあ、守るべき立派な家柄も家族も持たない人間です。だから、奥様……雪さんとは事情が全然違うんですが……でも、背負ってたものを全部捨てても、人間、案外何とかなりますよ。今すぐそっちを選べなくても、そういう手があるって知っておくだけで、ちょっとは気が楽になったりするもんです」

「武良越様……」

「差し出がましくてすみません。でも、俺も泉先生も、雪さんが心配なんです」

「そうです！　それに、さっき、何の希望もないって言っておられましたけど、だったら希望を作ればいいんですよ。たとえば……そうだ！　本物の武良越義信さん――早瀬力さんの行方を捜してみるとか！　心配なんでしょう？」

「え？　ええ、それはもう……。でも、私は外出も制限されていますから」

「だったら、喜平さんに頼んでみるというのはどうですか？　あの方は顔は広いし、親切ですし、手伝ってくれると思いますよ。何なら、俺から頼んでみます」

「それです！　もちろん僕たちだって、できることがあれば何でも……」

義信と鏡太郎が矢継ぎ早に提案を重ねる。雪はぽかんとした顔で聞き入っていたが、やがて鏡太郎たちの言葉が途切れると、根負けしたようにくすりと微笑んだ。

「……ありがとうございます。私、後ろ向きになりすぎていましたね」

「え。じゃあ――」

「はい。お二人のおかげで、自分で自分の視野を狭めすぎていたことに気付けました。これからは前向きに……と言い切るのは難しいですが、せめて、前向きになろうとしてみようと思います。選べる道は、いっぱいあるんですから」

朝日をまっすぐに浴びながら、雪が気丈な笑みを浮かべる。さっきまでの全てを諦めたような笑顔とはまるで違う、精一杯の力強さを感じさせる笑みに、義信はほっと安堵し、鏡太郎は「美しい……」と唸って息を呑んだ。


その後、鏡太郎たちは雪を別荘に送り、喜平に事情を話した。いきさつを聞いた喜平は雪に深く同情し、吾妻少佐に内密で早瀬力の行方を捜すと言ってくれた。

義信は喜平に雪のことを重ねて頼み、鏡太郎を人力車に乗せて金沢の町へと帰った。道中で鏡太郎は何も話そうとしなかったが、町並みの間からちらりと海が見えた時、ぼそりと小さな声を漏らした。

「……僕は、本当にあの人の役に立てたのでしょうか」

雪のことが心配なのだろう、問いかけとも自問ともつかない不安げな声が、人力車の荷台に響く。その気持ちは義信にもよく分かったが、別れ際に、くれぐれも事を荒立てないでほしい、力を借りたい時は声を掛けるから……と念を押されてしまったので、勝手に動くわけにもいかない。言葉に迷った義信が「俺はそう思いますよ」とだけ答えると、鏡太郎は恥ずかしそうに「ありがとうございます」と返し、再び海へと目をやった。

泉鏡花と海

金沢出身の文学者であり、近代幻想文学の大家としても知られる泉鏡花（本名・泉鏡太郎）は、十代の一時期、六枚町の私塾で学びながら塾の講師をも務めており、依頼に応じて家庭教師を引き受けていたこともあった。

鏡花は怪異を愛好し、山や海など現実世界の傍にある異界を題材とし続けた作家である。鏡花の描く山の異界は里との往来が可能である場所として描かれるのに対し、海（水中）の異界は死と再生を象徴する場所として描かれ、里の倫理の通じない、現世とは隔絶した世界という面を見せる。

「海神別荘」は鏡花が大正三年（一九一四年）に発表した戯曲で、強欲な父親によって生贄に差し出された美しい娘が、海の公子（王子）の妻として迎えられる顚末を描く。陸の生活が忘れられない娘は陸上に戻るが、故郷の人々に拒絶される。海中世界に足を踏み入れた娘は、陸の人々の目には大蛇の姿に見えていたのだ。里に居場所はないと悟った娘は海中に戻り、ようやく公子と結ばれる。幸せな結末ではあるが、「海と陸とは隔絶している」という世界観は、山の異界を題材にした「高野聖」や「竜潭譚」などとは異なった印象を与え、鏡花にとっての山と海は別の性格を持っていたことが窺える。

この他、海の異界を題材にした鏡花の作品には、夜の海の禍々しさと、そこからやってくるものがもたらす恐怖を描いた「海異記」などがある。

第二話　「茸の舞姫」

……にも係《かかわ》らず、烏《からす》が騒ぐ逢魔《おうま》が時《どき》、颯《さっ》と下《おろ》した風も無いのに、杢若《もくわか》のその低い凧が、懐の糸巻をくるりと空に巻くと、キリキリと糸を張って、一ツ星に颯と外《そ》れた。

「魔が来たよう。」

「天狗《てんぐ》が取ったあ。」

ワッと怯《おび》えて、小児《こども》たちの逃散《にげち》る中を、団《どん》栗《ぐり》の転がるように杢若は黒くなって、凧の影を何処《どこ》までも追掛《おっか》けた、その時から、行方《ゆくえ》知れず。

五日目のおなじ晩方《ばんがた》に、骨ばかりの凧を提《さ》げて、矢張《やっぱ》り鳥居際《とりいぎわ》に茫乎《ぼんやり》と立って居た。天狗に攫《さら》われたと言う事である。


（泉鏡花「茸の舞姫」より）

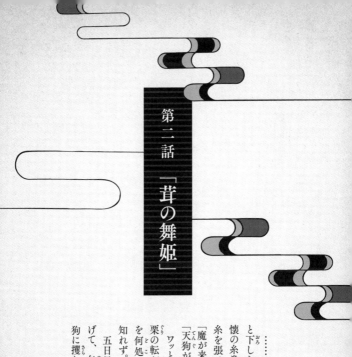

金沢は雨の多い町である。

梅雨の時季ともなれば晴れた日はいよいよ少なくなるが、それでもたまには青空が広がることもある。そんな、久しぶりにカラッと晴れたある日の昼前のこと。

繁華街である香林坊《こうりんぼう》を流していた義信は、鏡太郎が馴染みにしている貸本屋の前で車を止めた。南向きの壁に畳が並べられており、入り口は開け放たれている。

店内を覗き込んでみると、案の定、書生姿の小柄な少年が本棚の前に立っていた。いつものように幕藩時代の古本を集めた棚の前に陣取った鏡太郎は、右手に持った和綴じの本の紙面を目で追いつつ、左手で持った饅頭を小さな口へ押し込んでいる。

「忙しそうですね、泉先生……。読むか食べるかどちらかになさっては」

「んむ？」

義信の呆れた声に鏡太郎が顔を上げる。義信に気付いた鏡太郎は、残り半分ほどになっていた饅頭を無理やり口へと突っ込み、飲み込んでから声を発した。

「義さんではありませんか。良いお日柄ですね」

「ええ、まったく。この調子で明日も晴れてくれるといいんですが。しかし先生、なぜわざわざ貸本屋で饅頭を」

「店に来たら瀧がくれたんですよ。もらったからには食べないと申し訳ないし、さりとて本を選ぶ時間は貴重なので」

「店内で食べろとは言ってません！」

怒声とともに店の奥から顔を出したのは、十二、三歳ほどの少女であった。前髪は綺麗に切り揃えられ、大きな瞳とまっすぐな眉はいかにも気が強そうだ。薄い萌黄《もえぎ》色の着物に前掛けを重ね、饅頭を載せたお盆を持っている。

「うち、飲食厳禁ですよ？　鏡太郎さんじゃなかったら追い出してますからね」

ぶつぶつ言いながらやってきたのは、この貸本屋の一人娘の瀧である。瀧は鏡太郎をキッと睨みつけた後、店先の義信に饅頭を載せたお盆を差し出した。

「今日は氷室《ひむろ》開《びら》きですから、常連さんに配ってるんです。車屋さんもどうぞ」

「ああ、これはどうも。ありがたくいただきますが、『氷室開き』というのは」

日除けの笠を脱いだ義信が、盆の上の蒸し饅頭を取って首を傾げると、「こっちの風習ですよ」と瀧が答えた。

「徳川様の時代、金沢では、山中の『氷室』と呼ばれる施設に氷を保存しておいて、夏になると将軍家に献上していたんです。その氷室を開ける日が今日なんですよ。だから……ええと、鏡太郎さん、どうしてお饅頭を食べるんでしたっけ」

「なぜ僕に振る。神社に饅頭をお供えして氷が無事に届くように祈ったのが起源だとか聞きますが、正直、よく知りません。お化けが出ない話なので」

つれなく答えながらも、鏡太郎の目は手元の本から動かない。それを見た瀧は「もう」と膨れ、愛想のいい笑顔で義信に向き直った。

「氷室開きの日が来ると、今年もそろそろ夏だなあって思うんです。車屋さんは確か、金沢の夏は初めてですよね？」

「ええ。こっちに来たのが去年の秋ですから。どうなんですか、こっちの夏は」

「やっぱり雨が多いですねー。今日みたいな晴れの日は貴重です」

「ああ、だから表に畳が干してあったわけですか」

「そうなんですよ。長梅雨の湿気で、小さい茸が生えちゃって……。お湯で絞った雑巾で拭いて退治したんですが、お日様に当てないと、また生えてきますからね」

「こまめに干さないからだ。人も物も定期的に日の光を浴びないと駄目になるぞ」

「一年中部屋で本を読んでる人にだけは言われたくありません！」

鏡太郎を睨んだ瀧が声を荒らげたが、鏡太郎は本から顔を上げようともしない。

この少年は、年上の女性には大いに目を輝かせるのだが、反面、年下の異性に対しては極めて冷たい。今に始まったことでもないが、もう少し瀧に優しくしてやってもいいだろうに。そう思った義信は口を挟もうとしたが、鏡太郎の横顔を見つめる瀧がまんざらでもなさそうな微笑を浮かべ、「ほんと、綺麗な横顔……」などとつぶやいていたので、何も言わないでおいた。

「……お瀧ちゃんも実に難儀な恋をしたものですね」

「憐れまないでください。それで車屋さん、今日は何の御用です？」

「ああ、泉先生にお伝えしたいことがありまして」

「僕ですか？　あっ、もしや、新しい怪異の噂⁉」

音を立てて本を閉じた鏡太郎が、その本を手にしたまま義信を見上げる。義信は「ええ、まあ」と曖昧にうなずき、「ご期待に添えるか分かりませんが……」と前置きした上で話し始めた。

義信が語った噂は、尾張町《おわりちょう》に住んでいるある医者と、その一人息子についてのものだった。

「一昨日の夜に乗せたお客から聞いた話です。父親の名前は斎木理摂《さいきりせつ》、息子の名前は杢彦《もくひこ》というんだそうですが、ご存じですか？」

「斎木先生なら知っていますよ。家も近いですし」

「ああ、泉先生のお宅もあの辺でしたっけ。どういう方なんです？」

「色白で髪が白くて線の細い、上品な方です。もっとも、お金持ち専門の訪問医ですから、僕は診てもらったことはありませんが。息子の杢彦さんの方は、ちょっと顔が思い出せないですね。瀧は知っているか？」

「ううん、私も見たことないかも……。斎木先生って、確か、奥様を亡くされてるんですよね。息子さんが後を継いでくれなくて困ってるって聞いたことがありますけど、それが李彦さんなんですか？」

町内の噂に詳しい瀧が義信を見上げて問いかける。義信は「多分そうです」とうなずき、話を続けた。

聞いた話によれば、斎木家は代々前田家の御典医《ごてんい》を務めてきた家系だが、理損が優秀な医者として知られているのに対し、一人息子の李彦は、成人しても働こうとしない無精者で、外出することすらほとんどなかったという。

「ところが、その李彦が、少し前から人が変わったように働き出したそうなんです。庭先の掃除はする、買い物もする、ご近所には挨拶をする……。父の理損が患者のところを訪ねる際には、率先してカバン持ちを務める」

「はあ……。あの、義さん？　それのどこが怪異なのです？」

「怠け者だった息子さんが心を入れ替えたのが不思議だってことですか？」

「続きがあるんです。俺にこの話を教えてくれた坊主が言うにはですね。どうも、息子がガラッと変わった原因は、神隠しなんだとか」

「……神隠し？」

「はい。正確に言うと、彼は天狗《てんぐ》に攫われたんだそうです」

「天狗に⁉」

鏡太郎の大きな声が貸本屋の店先に響き渡った。瀧がすかさず「お店ではお静かにお願いします！」と注意したが、鏡太郎はそれに反応することなく、好奇心に輝く目を義信へと向けた。

「もしや杢彦さんは数日間行方不明になったのではありませんか？　捜しても見つからず、諦めた頃にひょっこり帰ってきたものの、どこへ行っていたか聞かれると『天狗と一緒だった』としか口にせず、人格が変わってしまっていたのでは？」

「そ、その通りです……。急に杢彦さんの姿が見えなくなったので、理損先生は近所の人と一緒に捜したけれど、見つからなかったんだとか。なのに失踪から五日目、杢彦さんは自宅の座敷に立っていたんだそうです。杢彦さんは『山の天狗様と一緒だった』としか言わず、それ以来、まるで別人のように働き者になったらしいんですが……どうして知ってるんです？　もしかして泉先生もこの噂をご存じで」

「初耳です。ですが、神隠し、特に天狗攫いにおいてはよくある話なのです。似た事例を挙げるなら、享保時代、竪町《たてまち》にいた金子《かねこ》という医者のぼんやりした息子が一時的に行方不明になり、帰ってくると性格が一変して利発になっていた、という話が『三州奇談』に載っています。しかしこの息子がなぜか全然口を利かない。周囲が気味悪がると、息子は別人の声で『怪しまれているので、長く留まるわけにはいかない』と言って倒れ、目を覚ました時には元の性格に戻っていたそうです」

「なるほど。俺の聞いた噂と似ていなくもないですね」

「これは一つの類型ですからね。そもそも金沢は神隠しにまつわる話の多い土地で、特に梅雨前後に多いんです。対処法も定まっており、人が消えると、集団で武器を持って天狗の住むとされる近隣の森や山へ出向いて、消えた人の名前を呼ぶんですね。捜す相手が杢彦さんなら、『鯖《さば》を食った杢彦やーい』のように」

「さば？　魚の鯖ですか？」

義信が不可解そうに眉をひそめると、瀧が「確か、天狗は鯖が嫌いなんですよ」と教えてくれた。その通り、と鏡太郎がうなずく。

「つまり、天狗に対して『お前が連れて行った人は、実はお前の嫌いな鯖を食っているので食べない方がいいぞ』と遠回しに教え、返すように頼むわけです」

「奥ゆかしいというか、回りくどいというか……。それで帰ってくるんですか？」

「五割くらいは。二、三日後に見つかるものの失踪者の記憶は曖昧で、問い詰められると『天狗に連れられて諸国を旅していた』などと言うのでみんなびっくり、というのが定型です。性格が変わるのも定番ですね」

「帰ってこない残りの五割はどうなるんです？」

「色々ですよ。それっきり姿を見せないこともあれば、八つ裂きにされて川に投げ込まれているのが発見されたり」

「『だから夜は早く帰ってこないといけない。天狗様に連れて行かれるぞ』って、このあたりの子供はそう言われて育つんです。私もよく聞かされましたけど……」

懐かしそうに言った後、瀧は「大人が攫われる話って珍しいですね」と付け足した。すかさず鏡太郎が首肯する。

「そうだ。僕もそこが気になった。さすが、いい目の付け所だ、瀧」

「そ、そう？　そんな、どういたしまして……」

顔を赤くした瀧が「……褒められちゃった」と小声でつぶやく。その様はとても微笑ましかったが、鏡太郎は瀧を一瞥すらせず、興味深そうに言葉を重ねた。

「天狗に攫われる年代は主に五、六歳から十歳までで、大人が消える話は少ないんですよ。そもそも、外で遊び回っていた子供ならともかく、ろくに出てこなかった無精者がどうして天狗に攫われるんです？　天狗がわざわざ訪ねてきたんですか？」

「いや、俺に聞かれましても……。そういう話はないんですか？」

「家に押しかけて人を攫っていく天狗は聞かないですね。で、その噂は、李彦さんが働き者になって終わりですか？　何か怪しい振る舞いを見せているのでは？」

「どうして全部知ってるんです……？　ええ、確かにそういう噂もあるようなんですよ。何でも、火を通したものを嫌って、茸を生で食べるようになったとか、家の外に蜘蛛《くも》の巣を絡めた木の枝を飾っているとか」

「蜘蛛の巣……？　そういうおまじないがあるんですか、鏡太郎さん？」

瀧が鏡太郎に問いかける。義信もまた鏡太郎を見下ろしたが、伝説や昔話に異様に詳しい少年は、自分の記憶を探るように沈黙し、「いや」と短い声を発した。

「天狗攫いに遭った人が見せる奇行にも一定の型があるんです。火を通したものを嫌うようになるのはそれに合致しますが……蜘蛛の巣を飾るなんて話は読んだことも聞いたこともありません。これは気になりますね」

＊＊＊

鏡太郎が現地を訪ねると言い出したので、義信も付き合うことにした。危険が伴う調査とも思えないが、貸本屋のある香林坊から斎木医師の家のある尾張町までは目と鼻の先で、どちらも人通りの多い町なので、車に乗る客を探すにも丁度いい。

「男の人は自由でいいですねー」

瀧の冷ややかな目に見送られながら、二人は貸本屋を出て、斎木医師の邸宅へ向かった。人力車の座席で足を伸ばした鏡太郎が「すみませんね」と声を掛ける。

「いつもタダで乗せてもらってしまって」

「お気遣いなく。泉先生は軽いですから。それはそうと泉先生、件の噂のことですが……。さっきはお瀧ちゃんの前なので言いませんでしたけれど、人をかどわかす天狗というのはやはり――」

「ええ。山の民であった場合も多いでしょう」

義信が言い切るより早く、先を読んだ鏡太郎が口を開く。ですよね、と義信は相槌を打った。以前、鏡太郎と義信は、金沢きっての魔境であり、天狗伝説の残る黒壁山にて、山の民である山姫の口から「かつては里を捨てた人間を迎え入れていた」という話を直接聞いているのだ。

「消えた人たちに事情があって、自主的に里を捨てたのだとしても、残された側にしてみれば、神隠しに遭ったとしか思えませんからね……。しかし泉先生、あの人たちが小さい子供を連れ去りますかね」

「天狗が山の民の異名だったとしても、人攫いの全部が山の民の仕業とは限りませんよ。子供が帰ってこない原因は、道に迷ったとか、川に落ちたとか、獣やならず者に襲われたとか、いくらでも考えられます。子供を攫った輩が天狗に罪を擦り付けることだってあったでしょう。山の民にとってはいい迷惑ですが。もしくは、本当に、そういうことをする不思議なモノが存在していたのかも……」

祈るような口ぶりで鏡太郎がつぶやく。

この人は、本当はそういうものに存在していてほしいんだろうな。そんなことを思いつつ義信が車を引いていくと、行く先から野太い歌声が響いてきた。

「やしこばば、うばば、うば、うば、うばば」

「火を一つ貸せや」

「火はまだ打たぬ」

「あれ、あの山に、火が一つ見えるぞ。やしこばば、うばば……」

香林坊から尾張町へと続く広い道路の一角、大きな反物屋の店先で、張り子の面を被った男が三人、独特の節回しで歌いながら舞っていた。

いずれも僧衣のような白い衣を纏っているが、面はそれぞれ異なっている。丹《に》塗りの天狗、緑青色の般若《はんにゃ》、鼻だけ黄色い白狐《びゃっこ》という面で顔を隠した男たちは、斧や弓矢や刀を振り回して舞い踊り、そんな三人の傍らには、柿色の法衣に高下駄に饅頭笠姿の山伏風の男が一人、長い幟《のぼり》を背負って印を結んでいた。この男だけは面を被っていないので、薄い眉や頬骨の張った顔が剝き出しになっている。

店先では店の主人や奉公人らしき者たちが揃って手を合わせており、見物している通行人も多い。何だろうと義信が思った矢先、すかさず鏡太郎が口を開いた。

「『ヤヒコババ』ですよ。『ヤシコババ』とも言いますが、要するにお祓いの縁起物です。型は概ね決まっていて、般若は斧を提げ、天狗は注連縄《しめなわ》で結わえた半弓に矢を番え、狐は太刀を振るうのです。舞が終わると山伏装束のお頭が九字の印を切り、それで疫病や不運が追い払われると伝わっています」

「ああ、門付けの獅子舞《ししまい》や祇園囃子《ぎおんばやし》みたいなものですか。どうしてヤヒコ――」

「なぜヤヒコババと呼ばれるのかは僕の方が知りたいくらいで、面や舞の意味も僕は知りません。春や秋の祭には二十人くらいの大規模なものが出るんですが、こういう風に、季節を問わず、少人数で回る人たちもいるわけです」

「なるほど。ちなみにどういう――」

「どういう時に頼むかは色々ですが、家内で病が流行ったとか、死人が出た時などの厄払いが多いですね。無論、定期的にお願いしている家もあるでしょうし、勝手に押しかけてきて勝手に舞って強引にお布施《ふせ》を要求するのもいると聞きます」

　義信の質問を先読みし、鏡太郎が流暢に回答を重ねていく。義信は「大変よく分かりました」とうなずき、踊り続けるヤヒコババや見物人たちを横目で見やった。

「たまに町中で見かける、お面を被った坊さんの正体がようやく分かりましたよ。余興か何かかと思ってました。一人だけで歩いているのもいますよね？」

「いますよ。大人数より一人の方が安くつきますから、お金がない家では重宝されます。もっとも、一人だけの場合、祈禱と九字の印だけになるので、それをヤヒコババと呼んでいいかは怪しいですが……。ほら、噂をすれば」

座席から軽く身を乗り出した鏡太郎が、前方から歩いてくる人影を指差した。

道の先からは、饅頭笠と烏天狗の面を被り、山伏風のゆったりした装束を身に着けたヤヒコババが一人、一本歯の下駄を鳴らして歩いてくる。無言で通り過ぎていく烏天狗のヤヒコババを見て、鏡太郎はふいに軽く眉根を寄せた。

「あれ。どこかで見たような……」

微かな声が漏れたが、その声は誰の耳にも届かなかった。すっきりしない顔で腕を組む鏡太郎に、車を引く義信が声を掛ける。

「泉先生。そろそろ尾張町ですが、そのお医者のお宅はどのあたりです?」

「主計町《かずえまち》との境目のあたりですが、玄関が裏の路地沿いなので、大通りから入ると遠回りになります。流れに車を停めて、暗がり坂からお宮を抜けた方が近いですね」

「分かりました」

鏡太郎の説明にうなずき返し、義信は車を浅野川へと向けた。

金沢城下を流れる大きな川の一つである浅野川は、流れが比較的穏やかで、水もよく澄んでいることから「女川」と称されている。俗に「流れ」と呼ばれるこの一帯は、城下でも有数の茶屋街で、川に面した通りには赤黒い紅殻《べんがら》格子がずらりと並び、夜になると賑わうが、明るいうちはひと気も少ない。

　義信は川沿いの空き地に車を停め、鏡太郎とともに、建物の間の路地に入った。人力車では通れない細い道を抜け、何度か角を曲がると、これまた細い坂道がある。建物や木々に囲まれた、昼なお暗い坂道――通称「暗がり坂」を、義信は鏡太郎と並んで登った。

「暗がり坂とはよく言ったものですね。いかにも今にも何かが出そうな」

「そうなんですよ。なのに何にも出会ったことがない。実に残念です」

「泉先生らしいご感想で……」

　そんな会話を交わしながら坂を上り切ると、小さな神社の境内に出る。「久保市のお宮」こと、久保市乙剣宮である。西に向かってそびえる古い社殿を、鏡太郎は懐かしげに見上げた。

「ここは小さい頃の遊び場だったんですよ。季節ごとに境内に咲く花を見るのが楽しみでした。梅に桜に桐の花、秋には金木犀《きんもくせい》……。そろそろ百日紅《さるすべり》が咲きますね」

　親しみのある場所に来たからか、鏡太郎の口調は普段よりも軽やかだ。だが、参道を通って鳥居を抜けると、鏡太郎の口数は減り、その足取りは重くなった。

　不安げにあたりを見回す鏡太郎に義信が不審な目を向ける。

「急にどうしたんです？　泉先生のお家も、確かこのあたりなんでしょう」

「だから警戒しているんです……！　うっかり父や叔父にでも出くわしたら最後、

『お前は塾で勉強しているはずだろう』と叱られるに決まっています」

義信の後ろに隠れてあたりの様子を窺いつつ、鏡太郎が小声を漏らす。

だったら帰って勉強しよう、とならないあたりがいかにも鏡太郎である。一回怒られた方がいいんじゃないですか……と義信は思わなくもなかったが、同行している自分に言えた義理でもないので、黙っておくことにした。


幸い、鏡太郎たちは、誰に見咎められることもなく、目的地へ辿り着いた。

路地沿いに佇む斎木家は、小さいながらも庭と門を持つ、風格のある板屋根の二階建てだった。敷地は板壁で囲まれており、門前には薬の匂いが漂っている。なるほど医者の家だな、と義信は納得し、そして大きく眉根を寄せた。

道に面した板壁の手前に、何とも言えない奇妙なものがあったのだ。

背の高い青竹が二本、大人が手を広げたほどの間隔で、地面に突き立てられていた。竹の間には縄が張られ、蜘蛛の巣が絡んだ木の枝が五、六本、結わえ付けられて揺れている。枝の形状や大きさは様々で、複雑に枝分かれした長いものもあれば、手のひらほどの短いものもあった。興味深そうに鏡太郎が眉をひそめる。

「なるほど、噂の通りですね。枝の形や長さには一定の規則性があるようにも見えますが、しかし、これは一体——」

「着物ですよ」

眼前の枝を凝視する鏡太郎だったが、そこに明るい声が割り込んだ。

驚いた鏡太郎と義信が振り返ると、格子柄の着物に下駄という出で立ちの細身の若者が一人、鏡太郎たちの後ろに立っていた。

背丈は義信より頭一つ分低く、齢は二十三、四ほど。頬の張った面長の顔で、鼻先だけが赤い。人懐こそうな笑みを浮かべる若者に、鏡太郎はおずおず問いかけた。

「もしかして……斎木杢彦さんですか？」

「はい。斎木杢彦は僕です。ええと、君は」

「申し遅れました。泉です。そこの金細工師の泉のところの鏡太郎です」

「ああ、鏡太郎君！　随分大きくなりましたねえ。君が小さかった頃、そこのお宮で一緒に遊んだことがあるんですが、覚えていますか？」

「申し訳ありません。ちょっと覚えていません」

「いえいえ。昔の話ですし、僕は長らく外出していませんでしたからねえ。無理もありませんよ」

鏡太郎に謝られた杢彦が笑みを湛えたまま鷹揚に応じる。その態度は終始にこやかで、ずっと家に閉じこもっていた無精者とは思えない。人が変わったというのは嘘ではないようだ。「それで」と鏡太郎が話を戻し、吊るされた数本の枝を指差す。

「今、これは着物だと言われましたが、誰がこれを着るのです？」

「もちろん人間じゃないですよ。蜘蛛の巣は人の身には小さいですし、張り付いてしまいますからねえ。これは、山の茸のお姫様のお召し物です」

「……山の茸のお姫様……？」

「はい。山にはですねえ、小さな茸のお姫様がおわすのですねえ。その茸のお姫様が舞いなさる時にお召しになる着物です。こうやって蜘蛛の巣を掲げておくと、使いの者が取りに来てお姫様に届けてくださると、お山で天狗様から教わりました」

笑みを湛えたまま杢彦が流暢に語る。その受け答えはしっかりしているし、態度も穏やかではあるが、だからと言って素直に信じられる話でもない。義信は思わず顔をしかめたが、鏡太郎は強く興味を惹かれたようで、食い付くように反応した。

「それです。その天狗様のことを聞きたいのです！　実は、杢彦さんについて、こういう噂を聞いたのですが……」

すぐ隣にいる義信が情報源だということは伏せたまま、鏡太郎が噂の内容を語る。杢彦は素直に耳を傾け、一通りを聞き終えるとはにかむように頬を掻いた。

「随分尾鰭《おひれ》が付いたものですねえ……。確かに僕は茸は好きですが、さすがに火を通して食べますよ」

「そうなのですか？　失礼しました。……で、そこ以外の部分は……？」

「ええ。本当ですよ？　僕は天狗様とお会いしました」

けろりとうなずく杏彦である。だが、興奮した鏡太郎が詳細を尋ねると、杏彦はのんびりした口調のまま「よく覚えていないんですよねえ」と苦笑した。

「家にいたはずが、気が付くと知らない山の中にいて……。途方に暮れていると、天狗様が目の前に現れたのです。そこからの記憶も途切れ途切れで、また気が付くと家に戻っていて、お前は五日も消えていたと聞かされたんです」

「その天狗はどういう身なりをしていましたか？　服の色や背丈、顔つきや話し方、仲間の数などは——」

「天狗様は天狗様ですよ。それだけしか言えないのです。何せ、秘密を明かしたら、僕は再び山に連れて行かれて、八つ裂きにされてしまいますからねえ」

愛想のいい笑顔のまま、杏彦が恐ろしいことを口にする。

かつて鏡太郎と義信が出会った山の民たちは独自の掟を有しており、それを破った相手には、たとえ掟を知らない里の者であっても、容赦なく罰を与えていた。もしかしてこの青年も、山の民の掟を守らされているのだろうか……？　そんなことを考える義信の隣で、鏡太郎は「分かりました」とうなずき、質問を切り替えた。

「では、天狗様のことはもう尋ねません。代わりに、あなたが並べたこれ——茸のお姫様のお召し物のことを教えてくださいませんか？　蜘蛛の巣をお召しになるというお姫様は、普段はどこにおられるのです？」

「え」

「山のどこです？　どの山ですか？　それと、杢彦さんはそのお姫様を見たのですか？　茸にも色々ありますが、どんな茸がお姫様になるのです？　紅茸ですか？　松茸ですか？　それとも鶴茸か、あるいはシメジでしょうか」

「え、ええと……」

ずっとにこにこしていた杢彦が、初めて面食らった顔になった。困惑したのか、目を細めて黙ってしまった杢彦に、鏡太郎は更に問いかける。

「茸が大きな化け物に変わる昔話は読んだことがありますが、小さなお姫様になるという話は初めて聞きました。他に類を見ない、大変に珍しく、そして美しい話だと思います。ぜひ、詳しく聞かせていただきたいのです」

「さ、さあ、そう言われても……。僕はただ、天狗様に教わった通りにしているだけですからねえ……」

笑顔に戻った杢彦が言葉を濁す。茸のお姫様の話にこんなに食い付かれたのは初めてだったのだろう、露骨に戸惑う杢彦に、義信はしみじみ同情した。鏡太郎はさらに食い下がろうとしたが、その時、門から、灰色の着物の老人が姿を現した。

白髪に頭巾を被っており、白い髭を伸ばし、体も手も指も枯れ木のように細い。老いた神官を思わせる容貌の老医師・斎木理損は、杢彦に話しかけていた鏡太郎を見て、おや、とかすれた声を発した。

「清次《せいじ》さんのところの鏡太郎君じゃないか。どうしたんだね」

「これはお久しぶりです、斎木先生。杢彦さんからお話を伺っておりました。先生はこれから往診ですか？」

「ああ。瓢簞《ひょうたん》町《まち》の周防《すおう》屋へな。杢彦、薬箱を持ってついてきてくれ」

「はい、父上！　では鏡太郎君、お話の途中ですが、僕はこれで……」

礼儀正しく鏡太郎に告げると、杢彦は門の中へ駆け込み、すぐに大きな木箱を背負って戻ってきた。「行きましょう父上」と杢彦が笑いかけ、うなずいた理損は鏡太郎たちに会釈をして歩き出す。

老父と孝行息子が寄り添って歩いて行く光景に、幼くして父を亡くした義信は、家族を殺されていなければあり得たかもしれない未来のことを少しだけ考えた。

「無精者がああなったのは、めでたしめでたしなんでしょうが……しかし、何とも不思議な話でしたね。当事者が話しているのに摑みどころがない」

「確かに。あれ以上杢彦さんに尋ねても、実のある話は聞けそうもありませんしね。それならそれで調べようはありますが、そろそろ、さすがに塾に戻らないと」

「なら俺も仕事に戻るとします。送りましょうか？」

「いえ。さすがにそれは申し訳ないので、僕は歩いて帰ります。では、また教室で……っと、そうだ、義さん」

鏡太郎が思い出したように義信を呼ぶ。暗がり坂の下の車を取りに行こうとしていた義信が足を止めると、鏡太郎は小走りで義信に歩み寄り、抑えた声を発した。

「杢彦さんが往診先で天狗のことを話していないか、機会があれば聞いてみてもらえませんか？　知識や記憶というのは、世間話の最中にふとこぼれるものですから」

＊＊＊

鏡太郎と別れた義信は、空の人力車を引いて瓢簞町方面へと向かった。

特に行く当てもなし、理損が瓢簞町の周防屋を往診すると言っていたので、ひとまずそこで話を聞いてみようと思ったのだ。二十年近く単身で仇を追い続けた経験のおかげで、それとなく情報を聞き出す方法は色々身に付いている。

「世話になってる人が医者を替えたがっていて、斎木理損先生の評判を聞いてきてくれと頼まれた」という方向で行くか、などと考えつつ、途中で客を乗せたり降ろしたりしつつ、義信は周防屋へと向かい、そして店先で足を止めて訝しんだ。

どうも様子がおかしい。

周防屋は市内でも有数の蠟燭問屋《ろうそくどんや》で、普段から人の出入りが多いのだが、店の周りを、太い棒を携えた強面の男が数名うろついているのだ。ヤクザが因縁でも付けに来たのかと思ったが、男たちはどうやら店を警備しているらしい。

何かあったのだろうかと義信が眉をひそめていると、店先にいた中年の女中が声を掛けてきた。

「あら、車屋さん？　うちは頼んでませんよ」

「いえ、何やら剣呑な雰囲気なもんで気になりまして……。どうなさったんです？　前は、あんなおっかない兄さん方はいなかったでしょう」

「ああ、用心棒さんですか。旦那様が、口入屋さんから呼んできたんですよ」

「へえ……。まあ用心するのは大事でしょうが、にしても物々しいですね。まるで押し込み強盗にでも備えてるみたいだ」

義信が軽い口調でそう言った途端、女中の顔色がさっと変わった。青ざめて黙りこんだ女中を前に、義信は戸惑い、思わず「まさか」とつぶやいていた。

＊＊＊

「……で、詳しく尋ねてみたら、そのまさかだったんですよ」

その翌週、鏡太郎の寄宿している私塾「井波塾」にて。

定例の英語の講義の時間より早目にやってきた義信は、まだ誰も来ていない教室で、先日の顚末を鏡太郎に語って聞かせていた。

「もっとも、押し込み強盗に備えてるんじゃなくて、襲われた後だったわけですが……。味を占めた盗人がまた来るかもしれないってんで警戒してたんですよ。泉先生はクサビラの武三《たけぞう》一味ってのをご存じですか?」

「クサビラ……?」

義信の向かいに座った鏡太郎は軽く首を傾げたが、すぐに「ああ」とうなずいた。

「思い出しました。二、三年前、酷い不況だった時期に、城下一帯を荒らした押し込み強盗団ですね。首領以下、全員が目深に被った笠で顔を隠しており、それが茸のように見えることから、茸の異名である『クサビラ』の名で呼ばれたという」

「へえ。クサビラってのは茸のことなんですか」

「ええ。狂言にも、茸が化ける『くさびら』という題目があります。古くは、地面から直接生えるものを『クサビラ』、木の幹から生えるものを『キノコ』と呼び分けていたようですが、今はまとめてキノコもしくはクサビラで通っており、それはともかくクサビラ一味です。捕まったという話は聞いていませんでしたが、また出たという話も初耳ですよ。連中が周防屋を襲っていたんですか?」

「だそうです」

あぐらをかいた義信はこくりとうなずき、先日聞いた話の続きを語った。

半月ほど前の深夜、饅頭笠を目深に被った四人組が、主人と妻の枕元に現れたのだという。一味は奥方に刃物を突き付けて金を要求し、驚いた主人は住み込みの奉公人を起こして蔵から金を取ってこさせた。金を受け取った一味は人質を解放し、「くれぐれも追うな」「追ってきたらまた来るぞ」「今度は殺す」などと脅して姿を消した、とのことであった。

鏡太郎は興味深げに耳を傾け、義信が話し終えると大きく首を捻った。

「疑うわけではないですが、奇妙な話ですね……。主人に起こされるまで、奉公人たちは騒ぎに気付かなかったわけでしょう？　つまりクサビラ一味は、誰に気付かれることもなく、主人夫婦の寝室にやってきたことになります。どうして寝室の場所を知っていたんでしょう」

「いや、俺も分かりませんが……。とにかく続きを聞いてください」

「え？　まだ続きがあるんですか？」

鏡太郎が意外そうに聞き返す。義信は神妙な顔でうなずき、「俺にはもう何が何だか」と困惑した声を漏らした上で言葉を重ねた。

「聞き回ってみたら、クサビラ一味が襲ったのは周防屋だけじゃなかったんですよ。

片町の額谷屋に小立野の勝海屋、それに竪町の中畑屋も、全く同じ手口で金をごっそり持って行かれてます。いずれ劣らぬ大店《おおだな》ばかりです」

「え。それは本当なのですか？」

「奉公人や出入りの物売りがペラペラ話してくれました。俺が尋ねた相手が全員嘘をついてる可能性ももちろんありますが、こんな嘘を吐く意味なんかないですよ。なぜか、被害に遭った店は、そのことを大っぴらにしてませんから、口裏を合わせてるとは思えませんし……。しかもですね泉先生。いいですか？　襲われた店はどれも、あの斎木ってお医者の往診先なんです」

「何ですって……!?」

　鏡太郎の大きな声が静かな教室に響き渡る。

　驚くのは当然だと義信は思った。義信自身も正直信じられないのだが、どうやら事実らしいのだから仕方ない。

「いや、俺も驚きましたよ。泉先生に頼まれた通り、杢彦さんのことを聞こうと思って往診先を調べて訪ねてみたら、どこも同じようにピリピリしてて、軽くカマを掛けたら同じことを言うんです。……これ、一体どういうことだと思います？　ただの偶然でこんなことがありますか？」

　困惑しきった義信が問いかける。今日、義信がいつもより早く塾に来たのは、この件を鏡太郎に相談したかったからだった。だが鏡太郎は「分かりません」とつぶやいて黙ってしまい、ややあって、義信と同じくらい困惑した顔を上げた。

「講義の後で相談するつもりでしたが……実はですね、僕の方もよく分からないことになっているんです」

「え。泉先生も？」

「ええ。先日、義さんと別れた後、僕は失踪前の杢彦さんのことを調べようと思ったんです。元がどんな人だったのか、情報が多ければ多いほど、どう変わったのかが見えてきますから。ろくに外に顔を見せない人だったとしても、町内の付き合いや親戚付き合いを通じて、斎木先生のところを訪ねた人はいるはずですし」

「なるほど確かに。それで成果は？」

　義信が尋ねると、鏡太郎は重たい溜息を落とし、細い両手を大きく上げた。

「お手上げです。ご近所に神社にお寺に出入りの職人、怒られる覚悟で僕の家族にも聞きましたが、どんな人だったのかが、まるで見えてこないんです。勿論、前の杢彦さんのことはみんな知っているんですよ？　誰に聞いても『出不精の怠け者だろ』と返ってきます。ですが、それはあくまで誰かから聞いた噂でしかないんです」

「なら、実際に会った人はいないんですか」

「いません。杢彦さんが子供だった頃に会ったというお年寄りはいましたし、乱暴なガキ大将だったという話を聞けましたが、それも十年近く前のことですからね。ここ数年の間に李彦さんと直接会った人は、同居しておられる斎木先生を除いては、誰もいないんじゃないかとさえ思えるんですが……しかし、そんなことがありますか？」

「うーん……。まあ、できなくはないんじゃないですかね？　一間しかない長屋じゃなし、客が来た時に閉じこもれる部屋くらいはあるでしょう」

「ですが、何かが引っかかるんですよ。色々な物事が繋がりそうで繋がらないんです。それほどまでに人嫌いだった人が、山の天狗に攫われてから性格が一変し、茸のお姫様の着物と称して蜘蛛の巣を飾るようになって、そのお父上の往診先は押し込み強盗のクサビラ一味に襲われていて、一連の事件は公になっていない……」

　謎が多すぎて頭がこんがらかっているのだろう、眉間を寄せて目を細めた鏡太郎がぶつぶつと思案を巡らせる。やがて講義開始の時間が近づき、受講生たちがゾロゾロと顔を出し始めてもなお、鏡太郎は真剣な顔で黙考を続けていた。

＊＊＊

　その翌日は朝から雨だった。

　斎木理摂と李彦の親子が往診のために門を出ると、小柄な眼鏡の少年が一人、塀の前に立っていた。鏡太郎である。

栗色の和傘を差した鏡太郎は、雨に濡れる「茸のお姫様の着物」を眺めていたが、斎木父子に気付くと「おはようございます」と頭を下げた。その表情は先日と比べると妙に冷ややかで、理摂は訝しんだが、薬箱を背負った杢彦は、にこにこと笑みを浮かべて愛想よく応じた。

「やあ、泉鏡太郎君ではありませんか。今日はお一人なんですねえ。あ、もしかして、どこかお悪いんですか？」

「そうなのかね？　申し訳ないが、今から定期の往診なので……」

「いえ、おかげさまで健康です。斎木先生にお尋ねしたいことがあり、ここでお待ちしておりました」

「わしに……？」

「はい」

鏡太郎は真剣な面持ちでうなずき、自分の傘を倒して理摂の傘の下に入った。

そして、鏡太郎が理摂の耳元でぼそぼそと何かをささやいた途端、老医師の顔色が一変した。元々白い顔が蒼白になり、髭に隠れた口元から震える声が漏れる。

「き、君は……」

「――そのご様子、やはり、そういうことでしたか。差し支えなければ、詳しいことを伺いたいのですが……。なお、これはあくまで僕個人が興味本位で調べていることです。故に外聞するつもりはありませんが、先生が断られるのであれば、僕はこのことを誰彼構わず言い触らしてしまうかもしれませんので、悪しからず」

「わ、わしを脅すつもりか……⁉」

しれっとした顔の鏡太郎を前に、青ざめた理損がわなわなと震える。

突然様子の変わった父に驚いたのか、杢彦は「どうしたんです？」と声を掛けたが、理損はそれには反応せず、食い縛った歯の間から震える声を絞り出した。

「……分かった。話そう。話すが……今、ここでというわけにはいかん」

「では、改めてお訪ねしてもよろしいでしょうか。たとえば今夜」

「今夜……？　ならば、宵の五つ、戌《いぬ》の刻《こく》（午後八時頃）に家に来てくれたまえ。……ただし、必ず、君一人でだ」

「そうすれば教えてくださるんですね？　天狗とは何者なのか、天狗攫いとは何なのか、その全てを」

あくまで落ち着いた態度のまま鏡太郎が切り返す。全てを見通しているかのようなまっすぐな視線を向けられた理損は、うぐ、と短く唸ったが、眼前の鏡太郎と、首を傾げる杢彦とを見比べた後、何かを観念したような顔でうなずいた。

＊＊＊

その日の夜、鏡太郎は理損に言われた通りの時刻に、単身で斎木家に赴いた。

雨は降ったり止んだりを繰り返しており、月は黒雲に覆い隠されている。傘を差し、提灯を手にした鏡太郎は、薬の香りの漂う門をくぐり、静かな斎木家を見上げた。

使用人を雇っていないのだろう、斎木家には人の気配が感じられず、窓から灯りは漏れているのに空家か売家のような空虚さがある。

前庭を抜けて玄関先で立ち止まった鏡太郎が名乗ると、すぐに格子戸が引き開けられた。だが、現れたのは理損ではなく、息子の杢彦であった。

「やあ、こんばんは、鏡太郎君」

「夜分失礼いたします。斎木先生はご在宅ですか？」

「うーん。それがねえ。さっきまではいたんですけどねえ」

「『さっきまでは』？　今はご不在なのですか？」

「はい。実はねえ、父上は、お山の天狗様に連れて行かれてしまったんですよ」

困ったような笑みを浮かべた杢彦が、あくまでおっとりした口調で告げる。

土間に立った鏡太郎が、えっ、と絶句すると、杢彦は「言わんこっちゃない」と頭を振ってみせた。

「父上は、君に天狗様の秘密を話すつもりだったんでしょうねえ。それが天狗様のお怒りに触れたんです。鏡太郎君、君が何を聞くつもりだったかは知りませんが、悪いことは言いません。全部忘れて帰った方がいいですよ？」

ランプの照らす薄暗い玄関に、杢彦の穏やかな声が響く。

忠告を受けた鏡太郎は数秒間沈黙していたが、やがて、何かを決心するように——あるいは、「こうなるのは分かっていたが、実際に体験するとやはり驚く」とでも言いたげに——息を吐き、顔を上げて口を開いた。

「分かりました。でも、最後に一つだけ質問させてもらっていいですか」

「君は本当に質問が好きですねえ。答えられることなら答えますが、何です？」

「い、い、い、い、い、あなたは一体どなたです？」

よく通る伸びやかな声が、斎木家の玄関先に凛と響いた。

杢彦は一瞬だけ目を細めたが、すぐに愛想のいい笑顔に戻り、不可解そうに首を傾げてみせた。

「ええと……どういうことでしょう？　どなたも何も、僕は斎木杢——」

「杢彦さんでは、ないですよね」

鏡太郎の声が杢彦の回答をすかさず遮る。はっと押し黙った杢彦の前で、鏡太郎は、持参した提灯を手にしたまま、淡々と言葉を重ねていった。

「少なくとも、この家で生まれ育った斎木杢彦という男性ではありえない。僕はそう考えています。ここしばらくの間、僕は失踪前の杢彦さんのことを調べていましたが、実像が全く見えてこないんです。『ろくに顔を見せない親不孝な怠け者だった』という噂だけはよく聞くものの、それを口にする人も、実際に対面したわけではなく、誰かから聞いた噂を語っているだけ。これはどういうことなんでしょう？」

「どういうことって言われても……」

「ならば質問を変えます。そもそも、斎木杢彦という無精な若者は、本当にずっとこの家にいたんですか？　少なくともここしばらくの間の杢彦さんは、噂の上の存在でしかなかったのではありませんか？」

「う、噂の上……？　それは、僕が実在しなかったってことですか？　まるで禅問答のようなことを言われますねえ。じゃあ、ここにいる僕は一体誰なんです」

「噂でしかなかった人の名を騙って、この家に入り込んだ何者かでは？」

鏡太郎の口調は冷静だったが、その顔色は青白く、不安がうっすらと透けて見えている。「そんな馬鹿な！」と杢彦は盛大に噴き出した。

「赤の他人が斎木杢彦に成りすましていると？　そんなもの、すぐ気付かれるに決まっているじゃありませんか。この家には父上がいるんですよ？　ずっと同じ家で暮らしていた家族が！　それに、昔から僕を知っている人は大勢います」

「人の顔かたちや背格好は、案外大きく変わります。特に十代においては声まで変わる。定期的に写真を撮っていたりすれば別ですが、そんな人はまずいません。久しぶりに会う誰それです、と挨拶されれば、大体の人は素直に信じるのでは？　しかもあなたは、天狗に攫われて以来、人柄が変わったことになっているわけですから、多少の違和感は気になりません。確かに前とは違う気がするなあ、で終わりです。無論、唯一の同居人である斎木先生は騙せませんが、逆に言えば、斎木先生さえ抱きこんでしまえば、疑う人はまずいない。違いますか？」

「違うかって言われてもねえ。君のお話は、どうも僕には難しすぎるようで」

「いいえ。あなたは僕の話を全て理解しているはずです。では、改めてお尋ねします、斎木杢彦さん――いえ、『自称』斎木杢彦さん。あなたは一体誰ですか？」

　鏡太郎が再び尋ねたが、杢彦は何も答えようとしなかった。

　貼り付けたような不自然な笑みを湛える杢彦と、薄く冷や汗を滲ませた鏡太郎が無言のまま見つめ合い、静まりかえった玄関に、格子戸越しの雨音だけが響く。

　息の詰まるような沈黙は十数秒間続いたが、ふいに、杢彦の後ろ、暗い廊下の奥から、やつれた声が投げかけられた。

「……もう諦めよう、杢彦。わしらの負けだ」

その声とともに歩み出たのは、灰色の着物の痩身の老人――斎木理摂であった。

理摂の傍らには、義信がやるせない顔で立っている。

天狗に攫われたはずの父親の登場に、杢彦は目を丸くして驚いたが、鏡太郎はほっと安堵の溜息を落とした。

「お疲れ様です、義さん。斎木先生はどちらに？」

「屋敷の奥に座敷牢があり、そこに閉じ込められていました。泉先生が彼の相手をしてくれていたおかげで、忍び込むのも家探しするのも簡単でしたよ」

「お見事です。さすが義さんと言ったところですね」

鏡太郎は義信に笑みを返したが、すぐに神妙な顔に戻り、茫然と立ち尽くす杢彦と、黙ってうつむく理摂を見比べて問いかけた。

「……義さん、斎木先生からお話は？」

「ええ、一通り聞きましたが……泉先生のご推察通りでした」

「そうですか。僕は推測を二つお伝えしましたが」

「悪い方です。本物の杢彦さんは亡くなっていました」

義信のやるせない声が暗い廊下に響き、鏡太郎が「やはり」と目を伏せる。

さらに義信は、傍らで立ち尽くす老人を見やり、自分の口から話すように促した。

理摂が力なく首を縦に振る。

「駄目ですよ父上！　天狗様との約束が……！」

慌てた李彦が口を挟む。だが理損は、「もう無駄だ」と言うかのように、諦観に満ちた顔をゆっくりと左右に振り、しわがれた声を発した。

「……李彦とは、何もかも上手くいかなかったんだ」


本当の李彦は、幼い頃から弱い者いじめや喧嘩を好む乱暴者で、その性質は十代になっても変わることはなかったのだ、と理損は語った。

理損とその妻は、いつか何かやらかすのではないかと恐れていたが、その危惧は、李彦が十四歳だった時に現実となった。

ある日の明け方、真っ青になって帰宅した李彦は、人を殴り殺してしまったと理損に告げたのだ。その前日、当時幅を利かせていた侠客一家の頭目の息子の死体が橋の下で発見されており、天狗の仕業ではないか、などと噂されていたことは、理損夫妻も知っていた。その犯人が李彦だったのである。

李彦は対等な喧嘩だったと言い張ったが、体格の差を考えると、李彦が一方的に暴力を振るったのは明らかだった。しかも、被害者の少年はならず者一家の跡継ぎだ。被害者の身内に真相を知られたら、間違いなく報復を受けることになる。

怯えた理損夫妻は、まず使用人全員に暇を出し、李彦を薬で眠らせた。代々の御典医であった斎木家の奥には、乱心した大名家の関係者を内密に収容するために作られた座敷牢が残されていた。理損はそこに杢彦を閉じ込め、その上で、「息子は無精者になって外に出てこなくなった」という話を吹聴して回ったのだった。

　実の息子を監禁し続けたことで心労が募り、妻は早くに亡くなってしまったが、理損は一人で息子の世話を続けた。初めの頃はよく暴れていた杢彦も、やがてここにいるのが安全だと思うようになったのか、徐々に大人しくなっていた。理損は安心したが――杢彦は脱出を諦めていなかった。

　半年ほど前、理損は、座敷牢から逃げ出そうとした杢彦と摑み合いになった。しかし、ずっと閉じ込められていた杢彦にかつての体力は残っていなかった。理損に振り払われた杢彦は柱に頭を強く打ちつけ、そのまま帰らぬ人となってしまった。

　理損は息子の遺体をどうにか始末し、そして激しく苦悩した。

　杢彦は無精で家から出てこないことになっているので、すぐに怪しまれることはないものの、当人がいない状態でいつまでも押し通せるものでもない。往診先に、警察に顔が利く地位の人物がいたのでこっそり相談してみたが、「聞かなかったことにする」としか言われなかった。

　一人きりの自宅で、理損は頭を抱えた。

「……そんな時、新しい杢彦が現れたんだ。その男は、なぜか、わしがやったことを全て知っていて、自分が新しい息子になってやると持ち掛けてきた。正直、わけがわからなかった。上手く行くとも思えなかったが、わしはそれに乗るしかなかった……。無論、昔の李彦を知っている者の中には訝る者もいた。だがわしは、神隠しに遭って性格が変わったのだ、これは李彦だと押し通したんだ」

震える声で理摂が語る。義信にとっては一度聞いた話だが、鏡太郎には初耳だ。痛々しい告白を聞かされた鏡太郎は沈痛な面持ちで頭を振り、義信は深く嘆息した。

先日、英語の講義の後に推理を聞かされた時はまるで信じられなかったが、こうなってしまうと信じざるを得ない。義信は改めて鏡太郎の頭の冴えに舌を巻き、その上で、偽の李彦に目をやった。

李彦を名乗るこの若者は、理摂の語った話を理解しているのかいないのか、ずっとにこにこと笑みを湛えたままで、それが義信にとっては恐ろしかった。怯えた顔の義信が「泉先生」と問いかける。

「俺には、まだ分からないことがあるんですが、この新しい李彦さんは一体全体何者なんです……？　まさか天狗が用意してくれた替え玉だとか……？」

「であれば興味深いんですけどね。おそらく、クサビラ一味の一人でしょう」

心底残念そうに鏡太郎が言い放つ。そのそっけない回答に、理摂はぐっと目を閉じた。同時に李彦の眉がぴくりと動き、驚いた義信が問い返す。

「く、クサビラ一味？　あの押し込み強盗の？」

「ええ。斎木先生はお金持ち専門の訪問医ですからね。普通の来客ならまず立ち入れない主人の寝室にも、堂々と入ることができます。孝行息子を装った新しい杢彦さんは、斎木先生の往診に付き添うことで訪問先の屋敷の内部を把握し、襲うべき部屋の位置を仲間に教えていたんでしょう」

「ああ、だから連中は主人の寝室に現れることができたわけか！　往診先ばかりが襲われた理由も納得ですが……しかし、仲間に伝えると言っても、どうやって？　手紙でも書いていたんですか？」

「手紙は検分されたら終わりです。家の外に掲げられた茸の姫様のお召し物、あれが一種の暗号なんだと思います。門扉からの距離や部屋の配置、襲撃に都合のいい日取り……。何をどう伝えていたのかまでは分かりませんが、おそらく仲間内だけで通じる暗号なんでしょう。違いますか、杢彦さん？」

鏡太郎がふいに偽杢彦に話を振った。それに釣られて偽の杢彦を見た義信は、自分の目を疑った。

偽の杢彦の顔から、あの愛想のいい笑みが消えていた。

真顔になった偽杢彦からは、今にも平気で人を殺しそうな凄みがしっかりと漂ってくる。ぞっと怯えた義信は鏡太郎の前へと足早に移動し、鏡太郎を庇うように手を伸ばしながら口を開いた。

「……なるほどな。そっちがあんたの本性か」

「何とでも言え、車屋。で、泉鏡太郎？　どこで気付いた？」

「先日、門の前でお会いした時です。あなたはずっとにこにこと笑みを浮かべていましたが、僕が茸のお姫様のことを詳しく聞くと戸惑った顔になりました。あれを見た時、この人は演じているんじゃないかと思ったんです。おそらくですが、茸のお姫様の話にあんな風に食い付かれたのは初めてだったのでは？　……ああ、お答えは結構です。その反応で分かりました。やっぱり、あれは素が出てしまったんですね」

「もういい。黙れ」

「聞いたのはそっちじゃないですか。天狗攫いに遭った人は人格が変わって奇行に走るという伝承を利用したのは上手かったですが、詰めが甘かったですね」

「黙れと言っている……！　おい！」

苛立った偽李彦が鏡太郎を遮り、ふいに声を張り上げた。

その呼びかけが響いた途端、鏡太郎の背後の格子戸が開いた。そこから伸びた太い腕が鏡太郎の首を摑み、さらに、屋敷の奥の暗がりから三つの人影が現れる。

鏡太郎を押さえた男は山伏装束で、屋内から現れた三人は白衣を纏って天狗と般若と白狐の面で顔を隠しており、そのいずれもが大きな饅頭笠を被っている。異様で、なおかつ見覚えのある風体に、義信は「そういうことか！」と息を呑んだ。

「この前見かけたヤヒコババ……！　そうか、こいつらがクサビラ一味！」

「のようですね。流しのヤヒコババであれば、笠や面で顔を隠した状態で町中をウロウロしても怪しまれませんから、暗号を堂々と見に行くことだって簡単で――」

鏡太郎の語りがふいに途切れた。鏡太郎の首に手を回していた山伏風の男が、短刀を抜いて突き付けたのだ。

義信は焦った。相手が李彦と理損だけなら荒事になっても何とかなると踏んでいたが、人質を取られた上に五対一では動きようがない。歯噛みする義信の腕を、般若と天狗の面の男がしっかりと押さえると、偽の李彦は山伏装束の男に声を掛けた。

「念のため、控えていてもらって正解でした。まさか、ここまで見透かされているとは……。で、こいつらはどうします、武三親分？」

「黙らせるしかあらへん。バレた時の騒ぎが大きくなるさかい、殺しは控えとったがな、背に腹は代えられん」

武三親分と呼ばれた山伏装束の男が上方《かみがた》訛りの口調で応じる。山伏風の男がクサビラの武三のようだった。親分の非情な提案に、偽李彦が「ですね」と同意し、理損がはっと顔色を変えた。

「や、止めろ！　従っていれば誰も殺さんと言ったから、わしは……。おい、止めてくれ李彦！」

「その名前で呼ぶな！　そいつはあんたが殺したんだろうが！」

「お、お前……。いや、だとしても頼む！　この人たちまで巻き込むのは――」

「うるせえ！　息子殺しの罪人が親父ぶってんじゃねえ！」

苛立った偽李彦が理損を力任せに殴りつける。ごっ、と鈍い殴打音が響き、細身の老医師はあっけなく気を失って廊下に倒れた。


屋敷の中でとどめを刺すと後始末が面倒だからだろう、クサビラ一味は、鏡太郎と義信を屋外へ連れ出した。

雨はいつの間にか止んでいたが、空には雲がかかったままだ。曇った夜空の下、鏡太郎たちが連れて行かれた先は、斎木家からほど近く、浅野川沿いへと通じる、昼でも暗い陰気な坂――暗がり坂であった。

川沿いの茶屋街からはお囃子《はやし》や三味線《しゃみせん》の音が響いているものの、こんな時間にここを通る物好きはいないようで、真っ暗な坂は静まり返っている。坂を下った先の路地で、天狗と般若の面の男に羽交い締めにされた義信は、白狐の面の男に後ろ手に摑まれた鏡太郎と不安げな顔を見合わせた。

「あの、泉先生……」

「すみません。屋敷にいるクサビラ一味は、偽の李彦さんだけだとばかり」

「え!?　じゃあこの状況は予定外ってことですか？」

「……まあ、そうです。一応、当てはなくもないですが、予定と随分違ってしまっているので、果たしてどこまで信用していいものか……。本当にすみません」

「謝らないでくださいよ！　どんどん不安になってくるじゃないですか」

「うるせえぞ！」

慌てる義信を偽の李彦が怒鳴りつける。義信が思わず黙ると、ランプを手にしたクサビラの武三は、偽の李彦や面を着けた三人を見回した。

「誰か来ると厄介や。さっさとやれ」

「そうだな。で、どう始末する？」

「首か腕の脈でも切って川に流しちまうか」

物騒な相談をしながら、天狗や般若の面を被っていた男が順に笠や面を脱ぐ。だが、ヤヒコババの三人目、鏡太郎を取り押さえている白狐の面の人物だけは、なぜか面を外そうとはしなかった。

そのことに違和感を覚えた義信は、ふと、こいつの声を聞いていないことに気が付いた。盗人仲間たちも不信感を覚えたようで、武三が白狐の面をじろりと睨む。

「どないした、常次《つねじ》。なんで面を外さんのや」

「お前、さっきからちょっとおかしいぞ？　何も言わねえし……」

「つうか、お前、ほんまに常次か？」

「――その男は今頃、医者の屋敷で眠っている」

狐の面の下から響いたその声は、間違いなく若い女性のものだった。

聞き慣れない声にクサビラ一味がはっと目を見開く中、白狐の面の人物は面と笠を外して投げ捨てた。

同時に、空を覆っていた雲がスッと流れ、月の光が暗がり坂を照らし出す。

カラン！　と面が転がる音が響く中、素顔を晒したのは、十八、九歳ほどの娘であった。切れ長の目は獣のように鋭く、艶やかな黒髪は肩に届く長さで切り揃えられている。その涼やかで鋭利な美しさに鏡太郎がくわっと目を見開き、そして義信が「この娘、どこかで見覚えが……」と思ったその瞬間、クサビラの武三が吼《ほ》えた。

「ふざけた真似しくさって！　どこのどいつや！」

焦った武三が短刀を抜いて切りかかる。だが武三が短刀を振り下ろした時にはもう娘は後方に飛び退き、ヤヒコババ用の着物を脱ぎ捨てていた。

ゆったりとした着物が風に舞い、露わになった白い肌が月の光を照り返す。

裸になったのかと義信は一瞬驚いてしまったが、娘が纏っていたのは、裾も袖も短い、体にぴったりした黒い衣だった。腰には細長い布を帯のように巻いている。

軽やかにトンボを切って暗がり坂を駆け上がった娘が、トン、と坂の上に降り立って一同を見下ろす。引き締まった白い手足が月の光に映える様は怪しいまでに美しく、感極まった鏡太郎は、取り押さえられたまま「ああ……！」と呻いた。

「何という血色の美しさ！　あの肌のきめ細かいこと、あれぞ正しく雪の膚《はだ》！」

「うるせえぞガキ！　女、てめえ何者だ！」

「お前たちが罪を押し付けた者たちの使いだ」

「……何？」

「里には里の法がある如く、山にも山の掟がある。天狗を騙った罪は重いぞ！」

娘の凜とした声が暗がり坂に響き渡る。

「山の掟」というその言葉に、義信はようやく娘の素性に気付いた。かつて山姫と相対した時、その傍らに付き従っていた黒衣の娘がいたことを思い出したのだ。

「そうか！　山姫のお付きの……！」

「思い出すのが遅いですよ、義さん」

呆れた鏡太郎がぼそりとつぶやく。一方、短刀を構えたままのクサビラの武三は
「山ぁ？」と大きく顔をしかめた。

「何をわけのわからんことを！　どこの回し者か知らへんが、女一人をみすみす逃がすクサビラ一味やあらへんぞ」

「それはこちらの言うことだ。今の私は山のお使者、天狗の怒りの代行人だ！　山姫様の天狗風からは何者も逃げられんと心得ろ！」

武三を見返した娘が、腰に巻いていた長い布を手に取った。昔話に語られる羽衣のようにキラキラと輝く帯状の薄衣が、月の光の下に広がる。

布を両手に摑んだまま、娘は勢いよく地を蹴り、暗がり坂を駆け下りた。いきなり距離を詰められて面食らったのだろう、クサビラ一味は鏡太郎と義信を放り出し、各々の得物を取り出した。威嚇するように武三が吼える。

「こけ威《おど》しもたいがいにせえ！　何が山姫様や！」

「山姫様を知らないか。ならばその手で止めてみろ！」

「何を――わぷっ！」

切りかかった男の顔に、娘が羽衣状の布を押し付ける。細かな光の粒が広がり、男はその場にくずおれた。意外な展開に、偽の杢彦が目を見開く。

「な、何だ？　今、何が――」

「ボーッとしとるんやないぞ、ボケが！　やれ！」

武三は必死に部下をけしかけ、自身も切りつけたが、その切っ先は娘にかすりもしなかった。

薄衣を手にした娘は、一瞬もその場に留まることなく、激しい躍動を続けた。大きく脚を広げて伏せたかと思えば、地面を蹴って真後ろに飛び、逆立ちから宙返りへと移る。クサビラ一味は必死に娘を取り押さえようとしたが、男たちの得物や指は、常に後一歩のところで娘に届かなかった。

「くそ！　いい加減に――」

「遅い！」

娘の張りのある声とともにきらめく羽衣が男の顔に巻き付き、その度に、クサビラ一味が一人、また一人と、意識を失って倒れていく。

眼前で繰り広げられる不思議な光景に、義信は、逃げるのも加勢するのも忘れて見入っていた。「格好いい……」と鏡太郎がつぶやき、なるほど、格好いいとはこういうことを言うのだな、と義信は思った。

やがて最後の一人が倒れると、娘は「ふうっ」と大きく息を吐いた。

激しく動き回ったため、その全身には汗が浮いている。呼吸を整えた娘は、羽衣を元通り腰に巻き、傍観していた鏡太郎たちに向き直った。

「もう大丈夫だ」

「あ、ありがとうございます……！　ほら、義さんもお礼を！」

「あ、ああ……。恩に着る。あんたは命の恩人だ……！　しかし、一体全体、どういう魔法を使ったんだ？　布を押し付けるだけで――」

「この布には、茸の毒を混合したものが染み込ませてあり、叩きつけると吹き出すのだ。耐性のない里の者が吸うと、最低でも二日は目が覚めん」

その説明に義信は思わず口と鼻を塞いだ。入れ替わるように鏡太郎が進み出る。

「ありがとうございます！　クサビラ一味が斎木家に勢揃いしていたのは予定外でしたから、助けは期待できないかとも思ったのですが……本当に、本当にありがとうございました」

「礼はいい。こちらも、こいつらのことを教えてもらって助かった」

頭を下げる鏡太郎に娘がそっけなく切り返す。どうやら事前に情報を共有していたようだ。驚いた義信が尋ねると、鏡太郎は「言うなと言われていましたので」とあっさり答えた。

「失踪前の杢彦さんについて調べていた時、寺町でお会いしたんです。天狗攫いの件を調べておられるとのことだったので、知っていることを共有しました」

「そうだったんですか……。しかし泉先生、よくこの娘さんだと気付きましたね」

「義さんも見ているはずですよ。ほら、斎木先生の家を訪ねた時、道中で、一人だけで歩いているヤヒコババを見たでしょう？　あれがこの方です」

「え？　そうだったんですか？　そうなのか？」

「ああ」

黒い衣の娘は素直にうなずき、眉をひそめて傍らの鏡太郎を見下ろした。

「声を掛けられた時は驚いたぞ。面で顔を隠していた上、そもそも里に私を知る者などいないはずなのに、まさか悟られるとは思わなかった」

「僕もすぐに気付けたわけではありませんよ。最初は、どこかで見たような方だなと思っただけです。ただ、あなたの立ち居振る舞いは確かに女性のものでした。そこから、山の民は遊行の芸人として里に下りることもあるという話を思い出し、後は背格好から推測したまでです」

「……さすが、泉先生」

感心と呆れの入り混じった声を義信が漏らす。娘は無言でうなずいて共感を示し、昏倒したクサビラ一味を一瞥した。

「しかし、お前たちがこいつらを引き付けてくれて助かった。おかげで、山の天狗に罪を着せた連中を一網打尽《いちもうだじん》にできた。私は山姫様ほど華麗な戦い方はできぬ故、見苦しいものを見せてしまったが――」

「何を仰います」

唐突に鏡太郎が娘の自嘲を遮った。驚いた娘が見返した先で、鏡太郎は「見苦しいなんてことはありません！」と断言し、上気した顔で言葉を重ねた。

「格好いい、見目麗しいというのは、あなたのような方のことをこそ言うんです。月にきらめく白い肌、躍動するしなやかな手足……！　羽衣が夜の風を孕んで広がる様は、正しく翠帳《すいちょう》紅閨《こうけい》の羅綾《らりょう》の如し！」

「す、すいちょうこうけいのらりょう……？　何だ、それは」

「高貴な女性の寝室に用いられる薄衣のことです。紅玉や碧玉、金剛石に真珠、珊瑚《さんご》などなどがちりばめられた豪華なものですが、それよりもなお美しかった……！　羽衣が翻る度、汗の玉が舞う度に、僕の心の臓は雷神の太鼓の如く高鳴り、瞳はあなた以外の全てを見なくなりました。古き物語に聞く、鏘然《しょうぜん》、珠玉の響きとはなるほど正にあのことかと」

「止めろ！」

悲鳴にも似た娘の声が、延々と続く賞賛を遮った。

鏡太郎が思わず押し黙ると、いつの間にか真っ赤になっていた娘は、止めろ、と仕草で念を押し、「さすがに恥ずかしい」と小声で告げた。

冷静沈着な娘かと思ったが、照れる感情もあるようだ。義信は思わず苦笑し、この山の民の娘の名をまだ聞いていないことを思い出した。

「そう言えば、あんた、名前は？　どう呼べばいいんだ」

「僕も再三聞いたんですが教えてくださらないんですよ」

「山の民にとって名前は大事なものだ。そうそう名乗ることは出来ない」

「それはお聞きしましたけど……。でも、本名を秘すのなら、便宜的な呼び名があるはずですよね？　それだけでもご教示くださいませんか？　あなたのような方のお名前を聞けないのは、僕の人生にとって最大の損失です」

娘に歩み寄った鏡太郎が大仰な仕草で訴える。娘は心底うんざりした顔をしていたが、教えた方が早いと観念したのか、溜息を落とし、口を開いた。

「……八手《やつで》だ」

「八手というと、あの草の？」

「そうだ。日陰に茂る、丈夫なだけが取り柄の、華やかさにはおよそ縁のない草だ。私には相応しい名だ」

「ですが八手は厳しい冬の中にも可憐な白い花を咲かせます。まるであなたの」

「止めろ！」

山の民の娘――八手が再び鏡太郎を遮る。またも赤くなった八手は「いちいち褒めないと死ぬのか、お前は？」と鏡太郎を見下ろした後、倒れたままのクサビラ一味へと目を向けた。

「……ともかく、山の掟による罰は済んだ。後は好きにしろ」

「ああ、分かった。と言っても、警察に突き出すことくらいしかできないが……」

「警察か。頼りになるか怪しいものだがな」

腕を組んだ八手が含みのある言葉を漏らす。その意味を義信が問うと、八手は「この一味のことを調べていて知ったのだが」と口を開いた。

「こいつらに押し入られた被害者の中には、警察に届け出た者もいた。だが、その訴えは受理されず、事件も表沙汰にならなかった。なぜか分かるか？　それを黙殺できる地位の者に、こいつらの盗んだ金の一部が流れていたからだ」

八手が意外な真相をさらりと告げる。義信は「何だって？」と問い返したが、鏡太郎はさほど驚いた素振りも見せなかった。

「なるほど。クサビラ一味は、斎木先生が李彦さんを手に掛けてしまったことをなぜ知っていたのか、ずっと気になっていたんですが、そういうことなら納得です。確か、先生は、往診先の誰かに相談したと言っていましたよね」

「ええ。あ！　まさか、その相談相手からクサビラ一味に情報が流れた……？」

「可能性はあるでしょうね」

「確かに……。いやしかし、警察は何を考えているんです？　訴えを黙殺しても事は押し込み強盗ですよ。噂は間違いなく広まりますし、被害に遭った店は自前で警戒するでしょう。実際、俺の訪ねた店は、どこもあからさまに用心していた」

「案外、それが目的なのかもな。これは山姫様からの受け売りだが、治安が悪くなり、人々の警戒心が強まる方が、統治する側にとっては都合が良い。少なくとも、そう考える者はいる。お前たちも気を付けることだな」

　八手の不穏な忠告が夜更けの暗い坂に響く。義信と鏡太郎が思わず顔を見合わせると、八手は話題を区切るようにあたりを見回し、二人に向き直った。

「もういいだろう。では私は失礼する」

「え。いや、待ってください！　もう一つだけ！」

「何だ？」

「あなた方、山の民に受け入れてほしい方がいるんです。身分の高い女性ですが、今の暮らしに苦しんでおられて……。山の民が里の人間を受け入れないことは知っていますが、せめて、遠いところに逃がすだけでもできないものかと」

　真摯な声で鏡太郎が訴える。鏡太郎は名前を出していなかったが、先の事件で知り合った雪のことを言っているのだと、義信にはすぐに分かった。表沙汰にするなと言われているが、相談相手が山の民なら話が漏れる心配もない。

　見つめられた八手は答えに窮したのだろう、困った顔で沈黙したが、そこに、どこからともなく、気さくな声が響き渡った。

「――ごめんね、鏡太郎。それは無理なんだ」

「山姫様……!?」

　確かに聞き覚えのある女性の声に、鏡太郎が弾かれたように反応する。義信もあたりを見回したが、声の主——山姫の姿はどこにも見当たらなかった。

近いとも遠いとも思えない、まるで夜の闇の中から直接聞こえてくるようなその声は、まず「お疲れ様、八手」と仲間を労い、申し訳なさそうに続けた。

「前に言った通り、山の民はもう誰も受け入れない。私たちにはもう、その余裕はないんだよ」

「ですが山姫様！　あなたたちには、僕らにない知識も力もあるはずです」

「……いいかい、鏡太郎。君は、山の民を神様か何かの類と思っているようだけど、そうじゃない。私たちはただ、山と共存しているだけだ。山を怒らせない方法を知っていて、多少の力を分けてもらっているだけなんだよ」

「力を分けて……？　では、山とは何なんです？」

暗がり坂を囲んだ建物や木々を見上げながら鏡太郎が問いかける。と、姿を見せない声の主は「さあ？」とおどけたような声を返した。

「何なんだろうね。私たちは仮に山と呼んではいるものの、その本質は、正体不明の力か、あるいは、里とは違う、別の世界のようなものなんだ。山の真意も全容も、私たちは知らないんだよ。山の民の古い言い伝えでは、山は、この世に見切りをつけたものを、声を出さずに呼ぶことがあるというけれど……」

「声を出さずに呼ぶ？　どういうことです？」

「さあね。私にだって分からない。これはあくまで、遠い昔のおとぎ話に過ぎないんだ。——だから、すまないね、鏡太郎」

申し訳なさそうな声が響き、それっきり山姫の声は途絶えた。

静まりかえった暗がりの中、鏡太郎と義信が視線を下ろすと、すぐ傍にいたはずの八手の姿もいつの間にか消えていた。山へと帰ったのだろう。

暗がり坂に取り残された義信は、しょんぼりと肩を落とす鏡太郎を前に、あえて明るい声を発した。

「……とりあえず、一件落着ですね。クサビラ一味のことは、俺が匿名で交番に通報しておきますよ。上が黙殺していたとしても、さすがにこれを見せれば収監くらいはしてくれるでしょう。まあ、その後どうなるかは分かりませんが……。そうだ、あのお医者はどうします？　まだ上の屋敷でのびてるはずですけど」

「斎木先生は、もう充分苦しまれたはずです。法の上では何らかの罪には問われるのでしょうが、僕は別に断罪をしたいわけではありません。義さんさえ良ければ、僕は斎木先生の判断に任せたいです」

「分かりました」

義信はうなずき、行きましょう、と鏡太郎を促して歩き出した。

鏡太郎は無言で義信の隣に並んだが、坂を登りながら顔を上げ、雲の切れ間に輝く月に目を向けた。

「色々と、ままならないものですね」

疲れた声が暗がり坂に響く。月の光を浴びる鏡太郎の横顔は端整だったが、その表情は痛々しく、義信は声を掛けることができなかった。

神隠しと「茸の舞姫」

泉鏡花の生まれ育った金沢は、種々の怪談が語られ、あるいは記された土地であるが、神隠し（天狗攫い）の事例が多いことでも知られている。鏡花の育った明治期にも天狗に攫われたとされる事件は多く報道されており、日本民俗学の父・柳田國男は、鏡花と同世代・同郷の文学者である徳田秋声から、隣家の住人が神隠しに遭った話を聞いている。

神隠しを題材とした鏡花の作品に「茸の舞姫」がある。この作品では、医者の息子の杢若という男が一度失踪してから奇行を見せるようになり、蜘蛛の巣を「山の茸のお姫様の衣」と称して神社の縁日で売り始める。神社の神主はそれを咎めるが、そこに茸の姫を名乗る美しい女たちが現れて蜘蛛の巣を求めて舞い踊ったため、神主は驚き、正気を失う。

本作のモチーフは、江戸時代の奇談集である「三州奇談」にある、金沢の医者の息子が神隠しに遭って以来性格が豹変した話と思われるが、舞台は暗がり坂や久保市乙剣宮など、鏡花の生家の周辺に変更されている。町角で遊ぶ子どもたちやヤシコババ（ヤヒコババ）の踊りなど、明治期の金沢の光景も多く描かれ、鏡花の原風景を強く感じさせる一作となっている。

第三話「貝の穴に河童の居る事」

「何しろ、水ものには違えねえだ。野山の狐鼬《いたち》なら、面《つら》が白いか、黄色ずら。青蛙のような色で、疣々《えぼえぼ》が立って、はあ、嘴《くちばし》が尖《とが》って、もずくのように毛が下った。」
「そうだ、そうだ。それでやっと思いつけた。絵に描《か》いた河童《かっぱ》そっくりだ。」

（泉鏡花「貝の穴に河童の居る事」より）

義信がそれを目撃したのは、うだるように暑い真夏日の夕間暮れ、犀川上流の集落までの客を送り届け、金沢の市中に帰る途中のことであった。

その時、義信は、空になった車を引いて、ひと気のない山道を歩いていた。山道の下を流れる犀川は、金沢城下では流れの雄々しさから「男川」とも呼ばれる川だが、このあたりでは激しさも鳴りをひそめているようで、水面は静かに凪いでいる。

依然としてあたりに人影はなく、ざわめく風が木々を揺らす音が響くばかりだ。義信はお化けや幽霊の存在を信じているわけではないものの、薄気味悪さや淋しさは人並みに感じる。早く山を抜けよう、と、義信が自分に言い聞かせた時だった。

ひょう……ひょう……という物悲しい鳴き声が、義信の耳に届いた。

義信は反射的に声の方角を見やり、そして顔をしかめた。

見下ろした先、淵に臨んだ川縁に、小柄な人影が立っていたのだ。

かなり距離がある上に、人影が立っているのは日陰なのではっきりとは見えないが、周囲の草木との対比からして背丈はせいぜい三尺（約九〇センチメートル）足らず。濡れたような黒い衣を羽織り、後ろ向きの背中をびくびくと震わせている。

その光景に、義信は思わず足を止めて訝しんだ。身長からすると子供のようだが、子供が一人で、こんな山中に、こんな時間にいるのはどうにも不自然だ。小柄な大人だとしても、あんなところで何をしているのかが分からない。

何とも言えない気味の悪さを感じたまま、義信は崖下の人影を注視していた。

と、人影は、その視線を感じたのか、首をぐりんと回して義信を見上げた。

「えっ!?」

瞬間、義信は思わず声をあげていた。

自分の方を見上げた人影の顔に、鋭く尖った嘴が――そうとしか言いようのないものが――生えていたように見えたのだ。

と、小さな人影は、義信の声に驚いたのか、勢いよく目の前の淵へ身を投げた。

じゃぼん、と響く大きな水音。淵に飛び込んだ人影は、浮かび上がるでもなく沈むでもなく、凄まじい速さで水面下を移動し、あっという間に視界から消えた。

「え。え……？」

自身の目に映った光景に義信は再び驚いた。

義信の目が確かなら、今の人影は、息継ぎもせず、手を使うこともなく、水中を滑るように泳いで消えたように見えた。

しかし、そんな方法で、しかもあんな速さで泳げる人がいるものだろうか……？

ぽかんと戸惑う義信の脳裏に、幼い頃から何度も聞いた化け物の名前が自然と浮かび上がってくる。

子供ほどの背丈で、嘴を持ち、泳ぎが得意な水中の怪異。

そうだ、今のは河童《かっぱ》そっくりだ、と義信は思った。

＊＊＊

その翌々日の昼下がり、義信は近江町《おうみちょう》の市場周辺で鏡太郎と瀧に出くわした。

金沢屈指の魚市場である近江町市場には、魚介類を調理してその場で食わせる小屋掛けの店も多い。鏡太郎たちは、そんな店の一つ、泥鰌《どじょう》の蒲焼を扱う露店の前で、床几に並んで座り、串に刺した泥鰌を食べていた。

「これはお二方、いいところで」

義信が声を掛けると瀧はぎょっと驚いて口元を隠したが、鏡太郎は堂々と食べ続けながら挨拶を返した。

「やあ。義さんも一本いかがです？　暑気払いには泥鰌が効きますよ」

「いいんですか？　じゃ、遠慮なく」

鏡太郎が差し出した小皿の上の串焼きを手に取ってかぶりつくと、義信の口の中に香ばしい味わいが広がった。焦げ目の苦みも疲れた体にはありがたい。義信はぺろりと一本をたいらげ、自前の竹筒から水を飲んだ上で、鏡太郎たちに向き直った。

瀧の顔が薄赤いのは買い食いの現場を見られて恥ずかしいからだろうが、鏡太郎の顔も妙に上気しているように見える。「何か良いことでも？」と義信が尋ねると、鏡太郎は意外そうに目を丸くした。

「よく分かりましたね」

「見た目で分かりますよ。それに、泉先生が食べ物を勧めてくれることなんて、まずありませんから……。もしかして、お瀧ちゃんと一緒のお出かけが楽しくて」

「それはないです。確かに僕は瀧に対して恩義を感じていますし、尊敬してもいますが、別に同じ時間を過ごすだけで心が華やぐなんてことはありません」

「そんなにはっきり言わなくても……。お瀧ちゃんが凄い顔で睨んでますよ」

「事実なので。そもそも瀧とは連れ立って出かけたわけでもありません。殿町《とのまち》の教会に行こうと思って出かけたところ、ばったり会っただけのこと。単に偶然です」

「教会？　泉先生、キリスト教徒でしたっけ」

「いいえ。日曜学校には通っていましたけどね。それにほら、僕は英和学校の生徒でしたから」

手についたタレを店の手拭いで拭きながら鏡太郎が答える。それを補足するように隣の瀧が続けた。

「車屋さん、英和学校ってご存じですか？　殿町の教会の宣教師さんが作った学校なんですよ。そこに鏡太郎さんは……いつから通ってたんだっけ？」

「十二の頃から三年間だ。当時はまだ英和学校という名前ではなかったし、学校も小《こ》立野《だつの》へ移転してしまいましたが、ともかく僕はそこに在籍していて、在学中にお世話になったポートル先生に教会に呼ばれたわけです」

「ポートル先生なら存じてますよ。教会の宣教師の男性の」

「ではなくて、その妹さんです」

「妹さん？　ああ、あの馬に乗っている」

鏡太郎の講義のおかげで多少英語が分かるようになった義信は、外国人を乗せることも増えたため、市内の外国人についてもある程度は把握している。軽やかに白馬を乗りこなす、若くて小柄なアメリカ人女性のことを義信は思い出した。

「馬に乗る人は車を使ってくれませんからね。乗せたことはないですが、あの方が泉先生の恩師なんですか？」

「はい。ポートル先生には本当にお世話になりました」

深々とうなずいた鏡太郎は、露店の湯飲みを手に取って薄い焙《ほう》じ茶を一口飲み、敬意に満ちた顔を上げて続けた。

「かの『千夜一夜物語《アラビアンナイト》』を始め、海外の御伽噺《おとぎばなし》や昔話を浴びるように読めたのは、全てポートル先生のおかげです。加えて、海外の自然現象や地理、動植物についての記事まで、日本の学校ではまず読めないものがあの学校には揃っていました」

「ああ、なるほど」

鏡太郎の思い出話に、義信は深く得心した。

そもそも義信が知る限り、日本人というものは、個々人の性格の差こそあれ、明治維新前に物心がついた世代は仏教を、その後に生まれ育った若い世代は神道を、ものの見方や考え方の根っこに持っていることが多い。だがこの泉鏡太郎という少年は、神仏に興味がないわけではない……どころかむしろ常人より遥かに詳しいのに、その価値観は、この国の伝統的な宗教とはどこかズレているというか、距離を置いて客観的に眺めているようなところがある。どうしてこんな風に育ったのか、義信は常々思っていたのだが、今の話で納得がいった。

「日本の学校だけでは泉先生の知識は賄《まかな》えないと思っていましたが、そういうことでしたか。色々合点がいきました」

「随分と目から鱗を落としてもらいました。それに、ポートル先生は人間としても立派な方で……。今でこそ少しはましになりましたが、当時はキリスト教への偏見がひどく、学校に通っているだけでスパイだの国賊だのと揶揄され、石を投げられたこともありました。そういうことをされると、僕はついカッとなってしまうのですが、先生は決して腹を立てず、『汝《なんじ》の敵を愛しなさい』と諭されました。何よりポートル先生は美しかった……！　たくましく真っ白な若駒に横鞍に乗る姿の気高いこと！　かかとを隠すほど長いスカートの裾が風になびき、轡《くつわ》の響きはあくまで静か、優しげに馬を操るその様はたおやかで軽やかで、弁天様のように気高く……」

湯飲みを摑んだ鏡太郎がうっとりとした顔で流暢に言葉を重ねていく。弁天様は馬に乗るんだろうかと義信は思ったが、言わないでおいた。

「鏡太郎さん、ポートル先生のこと大好きなんですよ」と瀧が呆れる。

「私も何度のろけを聞かされたことか」

「ご苦労様です。で、そのポートル先生が泉先生に何のご用で？」

「さあ？　教会に来てくれと伝言があっただけなので。義さんの方こそ、僕らに何か用があったのではありませんか？　『いいところで』と言っていましたが」

「ああ、そうでした。泉先生に伝えないとと思っていたことがありまして」

というわけで義信は、先日、犀川上流で見かけたもののことを語った。

耳を傾ける鏡太郎の表情は例によって変わらなかったが、話が進むにつれて眼鏡の奥の瞳はぐんぐんと大きくなり、やがて義信が語り終えると、鏡太郎は、ふはっ、と大きく息を吐いた。

「か、河童だ……。間違いなく河童だ！　聞いたか瀧！　河童だぞ！」

「隣に座ってるんだから聞かない方が難しいです。と言うか、河童ってそんなに嬉しいものなんですか？　私でも知ってるようなお化けでしょ？」

「だから嬉しいんじゃないか！　しかも義さんが目撃者だとは……！　義さん！　僕は今、あなたと知り合って本当に良かったと心から思っています……！」

「そう言っていただけるのは嬉しいですが、今なんですか……？　自分で言うのも何ですけど、知り合ってからこっち、結構色々ありましたよ」

「そんなことよりもっと詳しく聞かせてください。正確な場所は？　刻限は？　河童の色はどうでした？　匂いは？　味は？」

「味!?　いや、俺もちらっと見ただけですから……」

「大体、鏡太郎さん、今から教会なんでしょう？　大事なポートル先生を待たせていいんですか？」

　呆れかえった瀧が口を挟む。鏡太郎は「そうだった……！」と頭を抱えて懊悩したが、すぐに顔を上げて義信を見た。

「なら義さん、教会までの道中で詳しい話を聞かせてください」

「俺に教会に行く理由はないんですけど」

「行かない理由もないでしょう？　何なら僕が雇います。殿町の教会まで河童一匹分お願いします！」

財布を取り出した鏡太郎がよく通る声を張り上げ、その意味不明な呼びかけに、周辺の露店の店主や通行人が一斉に振り返る。おかしなものを見るような目を四方から向けられ、瀧は赤くなった顔を両手で覆った。


結局、義信は、鏡太郎をタダで人力車に乗せ、殿町の教会まで運ぶことにした。いくらせがまれても、最初に話した内容以上の情報がないことは、義信自身がよく分かっていたからである。

瀧と別れた鏡太郎は、河童出現時の状況や光景などを根掘り葉掘り尋ねたが、質問の切り口を変えても義信の答えが増えるわけもない。特に新しく得るものもないまま、義信の人力車は教会に着いた。門扉の近くに車を停めた二人が敷地に入ると、庭の一角で、小柄な女性が白い馬にブラシを掛けていた。

ブラウスにロングスカートという出で立ちで、長い髪を束ねて後ろに垂らしている。鏡太郎たちに気付いたその女性は、手にしていたブラシを傍らの桶に入れ、「ハイ」と気さくな声で呼びかけた。

「鏡太郎、来てくれましたか。変わらず元気していましたか？」

「はい！　ポートル先生もお変わりなく」

鏡太郎が心から嬉しそうに応じる。ポートルは「おかげさまです」と清楚な笑みで応じ、鏡太郎の隣に所在なげに立つ義信を見て首を傾げた。

「なぜ車屋さんが？　兄が呼んでいましたですか？」

「いえ、そういうわけではないのですが」

「こちらの武良越義信さんは、僕の生徒であり友人です。恩師であるポートル先生にご紹介しようと思いまして」

「おお、そうだったですか。この鏡太郎はとても面白い生徒でした」

「『面白い』？　まあ確かにかなり面白い人ではありますけど……」

「ポートル先生の『面白い』は幅が広いんですよ、義さん。『優れている』も『奇妙だ』も『とんでもない』も、全部『面白い』なんです」

「はあ、なるほど」

相槌を打ちつつ、今の面白いはどの意味なんだろう、と訝る義信だったが、鏡太郎はさっさと話を進めてしまった。

「それでポートル先生、僕をお呼びだと伺いましたが」

「はい。実は、鏡太郎に、お化けの話をしてほしいのです。好きだったですね？」

「え？　ええ、はい、それはもう……！　僕で良ければいくらでも！」

相当嬉しい申し出だったのだろう、鏡太郎の目が大きく開く。と、ポートルは「助かります」と笑みを浮かべ、教会を見やって肩をすくめた。

「私たちでは、彼の相手は難しくて」

「『彼』？　お化けの話をする相手はポートル先生ではないのですか？」

「はい。学校への出資者の息子さんです。地元のお化けの話を求められたのですが、私も兄も同僚も、皆、詳しくはありません。しかし無下にすることもできず」

「……ああ。そこで僕というわけですか」

講義相手が恩師ではないと分かり、鏡太郎はあからさまに消沈した。

＊＊＊

教会の応接室に待っていたのは、笛吹幸篤《うすいゆきあつ》という名の洋装の若者だった。

年齢は二十歳前後で、背丈はおおよそ五尺半（約一六五センチメートル）。長い手足は引き締まっており、胸板も厚い。皺ひとつないシャツに茶色の上着とズボンに革靴という出で立ちで、長い髪は整髪油で撫でつけられている。

笛吹は麻布の大資産家の跡継ぎであり、地方を回るのが趣味で、少し前までは北海道に滞在していたそうです……とポートルは語った。

ポートルは笛吹の紹介を済ませると英和学校に帰ってしまったため、応接室には笛吹と鏡太郎、そして義信だけが残された。客用の椅子に深く腰掛けた笛吹は、手にした紙巻き煙草をくゆらせながら、不審そうに眉根を寄せて鏡太郎を見た。

「君が土地のお化けに詳しい子かい？　随分若いなあ。本当に大丈夫なのかい？　で、そっちはどう見ても車屋なんだが、どうして車屋が」

「どうしてなんでしょうね……。あの、泉先生、何で俺も残されたんです？」

「お願いしますよ。僕は目上の人を怒らせやすいので、まずいことを言いそうなら、それとなく注意していただきたいのです」

「怒らせがちという自覚はあるんですね」

「その程度の客観性は持っているつもりです」

しれっとうなずいた鏡太郎は、低い机の上に置かれたティーカップを取って一口飲んだ。江戸生まれで長屋住まいの義信は洋風の作法はさっぱりだが、鏡太郎は教会や英和学校に通っていただけあって振る舞いも堂に入っている。

「第一、義さんは河童の目撃者じゃないですか。この場にいる資格はありますよ」

「河童!?　君は河童を見たのかい？　そりゃ凄い！」

鏡太郎の言葉を聞きつけた笛吹が大袈裟に驚き、ぱちぱちと手を叩いてみせる。その反応に、同好の士を見つけた気持ちになったのだろう、鏡太郎はティーカップを机に戻し、軽く身を乗り出して問いかけた。

「笛吹さんと仰いましたね。あなたはなぜお化けのことを知りたいのです？　怪異を信じていらっしゃるのですか？　あるいは、記録か研究のため？」

「うーん、どれもちょっと違うかな」

笛吹が眉尻を下げて肩をすくめる。「では一体」と鏡太郎が問い返すと、笛吹はニヤリと笑い、ちょいちょい、と鏡太郎たちを手招きした上で小声を発した。

「僕はね。お化けを撃ちたいんだよ」

「……撃ちたい？」

予想外の回答に鏡太郎が反射的に問い返し、義信は大きく眉をひそめた。

二人の顔がおかしかったのだろう、笛吹は再び手を叩いて笑い、そうさ、と腕を組んでうなずいた。

「教会の連中に素直に話すと、無益な殺生はいかんとか説教されるから言っていなかったがね。君たちはキリスト教徒じゃなさそうだから教えてやろう。僕は狩りが大好きで、北海道にも狼《おおかみ》を撃ちに行っていたんだよ。北海道の狼はね、凄いよ！　本土のは赤みがあるんだが、北海道のはどちらかというと黄土色でね。勢いよく雪を蹴立てて、三尺近い巨体で走ってくる。それにこう、狙いを定めて――バン！」

長い銃を構える仕草をした笛吹が引き金を引き、体を震わせる。鏡太郎たちが黙っていると、笛吹は銃撃の余韻を楽しむように長い息を吐き、うっとりと続けた。

「血沸き肉躍るとは正しくあれだよ。鏡太郎も機会があればやってみるといい。……ただねえ、さすがにずっとやっていると飽きるんだ。それにほら、北海道の狼はもう、すっかりいなくなってしまったからさ」

　やれやれと言いたげに笛吹が首を振ると、鏡太郎は表情を変えないまま「それは存じています」とだけ応じた。

「北海道の狼」ことエゾオオカミは、近代の日本人が絶滅させた最初の種とも言われている。明治以来、本土からの開拓民によって狩場や餌を奪われたエゾオオカミは、牧場を襲うようになったために敵視され、駆除対象とされた。明治十年頃からは当局が賞金を出して捕獲を奨励したこともあり、エゾオオカミは加速度的に数を減らしていった。この物語の時代には既にほぼ絶滅していたと見られており、実際、生きた個体はこれより後に目撃されていない。

　その絶滅の一端を担った笛吹は、悪びれる様子もなく、大袈裟に嘆息した。

「いくら僕が手練れの狩人でも、いないものはさすがに撃てないからねえ。賞金も廃止されてしまったし。かと言って鹿や猪を撃ってもつまらないだろう？　狼より手強くて倒し甲斐のある獲物が欲しいんだよ、僕は。そこで思いついたのが」

「お化けというわけですか」

「そう！　ほら、伝説や昔話によくあるじゃないか。素戔嗚尊《すさのおのみこと》は八岐大蛇《やまたのおろち》を、源頼《みなもとのより》政《まさ》は鵺《ぬえ》を退治したというだろう？　あんなのはさすがに無理だとしても、化け物扱いされる大猪や大蛇や古い貉《むじな》でいいんだよ。そういうのをね、この手で退治してみたいのさ。文明開化の世の中に、あえて化け物退治というのもまた一興だろ？」

再び銃を構える仕草をしながら笛吹が明るい口調で語る。

軽妙で楽しげな語り口に、一体この若者はどこまで本気なんだと義信は首を捻り、すぐに、本気かどうかはどうでもいいのだな、と納得した。

今の話を聞く限り、この笛吹という若者は、金と暇を持て余す、いわゆる遊民と呼ばれる階級らしい。ありふれた遊びに飽きるとこういうことも考え付くのだろうな……と、義信はそう思っただけだったが、鏡太郎の反応はまるで違った。

「……化け物退治、ですか」

笛吹の発した言葉を繰り返し、鏡太郎がギュッと目を細める。

「笛吹さん。あなたはお化けを――怪異を、何だと思っていますか？」

「何って、時代遅れの迷信だよ。無知蒙昧《むちもうまい》から生まれた昔話の敵役。他に何だって言うんだい？　なあ車屋。そうだろ？」

「え」

ふいに同意を求められて義信は戸惑った。

明治の世の一般的な常識に照らすなら、笛吹の意見は正しい。怪異とは反近代的なデマであり、お化けは古臭い話に登場するやられ役。それは確かにその通りだ。

だが、この隣に座っている泉鏡太郎という少年にとっては違うということもまた、義信は知っていた。

鏡太郎は、怪異が実在していてほしいと願うのみならず、さらに奇矯なことに、それらを畏怖している──より正確に言えば「畏怖できる存在であってほしい」と心から祈っている──という、二重三重の意味での変わり者なのだ。

そんな鏡太郎が、面白半分で化け物退治をすると聞かされて機嫌を損ねないはずがない。案の定、鏡太郎は露骨に顔をしかめ、勢いよく椅子から立ち上がった。

「あなたは何も分かっていません！　怪異とは積み重ねられた先人の智慧であり、僕たちとは別の理《ことわり》で動く、真に畏敬すべきものたちです。それを気軽に退治しようだなんて……そんなもの、協力できるはずがない！　失礼します！」

「ちょ、ちょっと泉先生？　いいんですか？」

立ち上がった鏡太郎の手を、義信はとっさに摑んで引き留めていた。

なぜ自分がなだめているのか疑問を覚えつつ「先生に頼まれたんでしょう」と言葉を重ねると、鏡太郎は悔しそうに黙り込んで立ち止まった。笛吹はその一連をぽかんと観察していたが、鏡太郎が渋々椅子に戻ると、へえ、と驚いた声をあげた。

「君は何かい？　お化けを退治しちゃいけないって思ってるのかい？　お化け好きと

は聞いてはいたが、単なる物知りだとばかり思っていたよ。まさかそういう好きだったとはね……。こりゃ傑作だ！」

「別に、あなたを面白がらせようとは思っていません」

「いいのかい、そんなこと言って？　そこの車屋も言ったけれど、君は僕の機嫌を損ねるわけにはいかないんだろう？」

「ぐっ……！」

鏡太郎が悔しげに歯嚙みし、ぶるぶると震えた。その様が痛快なのだろう、笛吹はにやにやと笑い、「さっき言いかけた河童の話を聞かせてくれよ」と義信に話を振った。仕方なく義信が河童らしきものを見た話を聞かせると、笛吹は興味を惹かれたようで、「決定！　そこに行くぞ！」と決めてしまったのだった。

＊＊＊

翌日、義信は車に笛吹を乗せ、犀川上流の河童を目撃した地点へ向かった。

車上の笛吹は、昨日と同じ洋装の上に短い肩掛けを羽織って鳥打帽を被り、自分の背丈よりも長い銃を手にしている。人力車には弁当や水の他、弾丸や天幕などが積み込まれ、車の隣には鏡太郎がふてくされた顔で歩いていた。

鏡太郎は朝からずっと「仕方なく同行したが、笛吹に心を許したわけではない」と全身全霊で訴えるような顔をしており、義信は気を揉みっぱなしであった。

既に市街を離れて山道に入っているので、人通りはほとんどなく、聞こえてくるのは渓流の音や蟬の声ばかりだ。車上の笛吹は鼻歌を歌いながら愛銃を布で磨いていたが、ふと思い出したように義信に声を掛けた。

「車屋。君はこの村田銃《むらたじゅう》を知っているかい？」

「村田銃……？　いえ、存じません」

「明治十三年に軍が制式採用した国産の小銃ですよね。ボルトアクション式の後装型で、まだ民間には出回っていないと聞きますが」

答えたのは鏡太郎である。ほう、と笛吹が嬉しそうに反応した。

「その通り！　これは特別に軍から回してもらったものなんだ。僕はこれをこう構えてね、北海道の大雪原で、並み居る狼どもを次々と――」

「呆れた」

鏡太郎の聞こえよがしな溜息が山道に響き、笛吹の自慢話を断ち切った。笛吹が大きく顔をしかめる。

「あのねえ。君はあれか？　化け物だけじゃなくて狼も退治するなってのかい？　金沢でのんべんだらりと暮らしている君たちには分からないだろうが、狼は危険な害獣だよ。やつらは牧場を荒らし人を襲う。だからこそ僕のような狩人がだね」

「害獣を退治することを否定する気はありません。ご自慢のその銃も、確かに素晴らしい道具ではあるのでしょう。ただ僕は、闇雲に力を振るうのではなく、力の使い方を慎重に考えるべきだと思うだけです。そこにいる……いえ、いたものへの最低限の畏怖心は持つべきでしょう。そもそも狼は神なんですよ」

「神？」

「狼は、本土では『大口真神《おおくちのまかみ》』、即ち、大きな口の真の神と呼ばれます。万葉集にも名のある由緒正しい神ですよ。僕はアイヌの信仰には詳しくありませんが、あちらでも神《カムイ》の名を与えられた獣だったはず。そんな獣を面白半分に殺すだなんて……。せめて儀礼に基づき、敬意を払った上でやるべきです。祟られても知りませんよ」

「脅すつもりかい？　あいにくだったね。僕はこの通り元気だよ」

「狼は害を為した当人ではなくその人の家や血筋に祟るとも言いますけどね」

淡々と鏡太郎が切り返す。笛吹は一瞬黙り込んだが、すぐに恐怖心を振り払うように「馬鹿馬鹿しい！」と声をあげ、話題を変えた。

「大体、今日撃ちに行くのは河童だよ。河童を退治して何のバチが当たるものか」

「ではお尋ねしますが、笛吹さん、あなたは河童の何を知っていますか？」

「何って……頭に皿、背中に甲羅、顔に嘴、川に住んでてキュウリが好き」

「それだけですか？　実に呆れたものです。まだ瀧の方が詳しいくらいだ」

「瀧って誰だよ」

笛吹が当然の疑問を漏らす。だが鏡太郎はそれを無視し、車上の笛吹をちらりと見上げて続けた。

「河童を河童たらしめるものは外観や嗜好《しこう》だけではありません。その行動にも特徴があります。たとえば子供を溺れさせる。尻子玉《しりこだま》を抜く。相撲を好む。馬や牛を川に引く。あるいは引こうとして失敗して腕を切られる。斬られた腕を返してもらうために薬の作り方を教える。または毎日魚を届ける……。そして、河童を語る上では、その地方差も踏まえなければなりません」

「地方差？」

「河童とは、各地に伝わっていた川の怪が、江戸の『河童』の名に統合されたものですから、地域ごとの差が大きいのです。北の河童は『三寸の水隠れ』と言って馬の足跡や貝の穴にさえ隠れることができるそうですし、豊後《ぶんご》の河童は空を飛ぶ」

「あれが飛ぶのかい？　君ねえ、適当なことを言うもんじゃないよ」

「実際にそういう記録があるのです。春秋の彼岸の雨の夜にヒョウヒョウ鳴いて飛ぶと、あちらの地誌に書いてあります。春には山から川へ、秋には川から山へ、空を飛んで移動するのだとか。ちなみに河童が山に入る話は紀州《きしゅう》にもあり、山に入ると、名前が河童から山童《やまわろ》に変わるなどとも言いますね」

「へえ……」

笛吹の感嘆の声が山道に響く。思わず感心してしまったことが悔しかったのか、笛吹は慌てて口元を押さえたが、鏡太郎はしてやったりと言いたげに目を細めた。

「それに、一説には河童は川の女神とも言いますね。大陸で言う『河伯《かはく》』なる川の神は、時として河童に、時として蛙に、また時には妖艶な令嬢に化けるとか。夏の盛りの暑い日の、月のおぼろな暗い夜に、裸体に粗末な蓑を纏っただけの、白い脚も露わな姿で男を悩ませ、引き寄せるのです。川風に揺れる夏の花の影が白い肌に絡みつき、こちらを見つめる瞳の美しさ、麗らかさは、まるで月の宮殿の池。長い睫がなびく様は、小波に揺れる柳のごとし……。当然、見入ってしまえば一巻の終わりなのですが、それを知っていても目を逸らせない程美しく、それ故に恐ろしい」

「そ、そんな話もあるのか」

「これは僕が今作りました」

「おい！」

鏡太郎の話を信じかけていたのだろう、笛吹が大きな声をあげて怒った。

鏡太郎はしれっとした顔で歩いているが、笛吹の機嫌を損ねるのは、鏡太郎にとっても良くないはずだ。危惧した義信は、話の流れを変えるべく口を挟んだ。

「あの、泉先生。そもそも、このあたりにも河童は伝わっているんですか？」

「いますよ。金沢の河童はあまり有能ではないようで、武士を川に引きずり込もうとして食べられたり、馬を引きずり込もうとして腕がもげたり、工事現場で捕まって坊さんに助けてもらったりなど、様々な失敗談が伝わっています。もっとも、金沢では『河太郎』や『カワビソ』、『川主《かわそ》』などという名前が一般的ですがね」

「カワソ？　カワウソのような呼び名だな」

「そこから来ている可能性は高いでしょう。実際、この加賀ではカワウソの方が河童よりよほど元気です。幽霊のふりをして驚かせたり、家財道具を消してしまったりと、カワウソが見事に化かす話はいくらでもあります。この近くだと、柿木畠《かきのきばたけ》にいたカワウソは美女に化けて好色で軽薄な男に近づき、陰部を引き抜いて殺してしまうのだとか。笛吹さんもくれぐれも気を付けてくださいね」

「僕が好色で軽薄だと言いたいのか？」

　横目を向けられた笛吹がいきり立つ。義信は「まあまあ」と笛吹をなだめ、鏡太郎に小声で話しかけた。

「泉先生、さっきからちょっと大人げないですよ」

「あいにく僕はまだ大人ではありませんので」

「それはそうでしょうが……笛吹さんをあまり怒らせない方がいいのでは？」

「昨夜一晩考えましたが、必要以上に媚を売る必要はないし、そうすべきでもないとの結論に達しました。あんなのにへりくだっているようでは、ポートル先生の教えに反することになります」

「あの先生の教えは『汝の敵を愛せよ』だったのでは……？」

義信が尋ねると鏡太郎は無言で目を逸らしてしまった。そこに笛吹が「僕を無視するな」と割り込んでくる。今日は疲れそうだと義信は思った。


一行が、義信が河童らしきものを見た現場に到着したのは昼前だった。

河童の立っていたのは川岸だが、そこまで車を下ろすことはできなかったので、義信は山道に人力車を停め、笛吹や鏡太郎を先導して険しい斜面を下った。

斜面は低木が生い茂っているのに対し、川岸は石が多いため草はほとんど生えていない。開けた川岸に立った三人は、何とはなしに川上や川下を見回したり、緑色に淀んだ淵を覗いたりしてみたものの、どこにも河童の気配はなかった。

愛用の銃を手にした笛吹が、なるほど、と独り言ちる。

「川が蛇行しているから、ここは上の道からしか見えないのだな。おまけに水は濁っているから、深く潜ってしまえば誰からも見えない。いかにも河童が出そうな場所ではあるが、痕跡は何もない、と来たか。おい鏡太郎。河童は糞をしないのか？」

「しますよ。河童には三つの肛門があり、それぞれから赤黄青の糞が出ます」

「それは凄いな！　……本当か？」

「嘘です」

「いいかげんにしろお前！」

苛立った笛吹が銃口を鏡太郎へと向ける。義信は慌てて二人の間に割って入ったが、鏡太郎は落ち着いた顔のまま、斜面の一角に目を向けた。

「それよりも、僕はあそこに見える石段が気になりますね」

「石段？　お前、適当なことを言うなよ。そんなものがどこに——む。あるな」

目を凝らした笛吹が悔しそうに言う。鏡太郎の言った通り、そこには確かに石段があった。

三人が立っている場所から十五間（約二七メートル）ほど川上の斜面の一角、背より高く生い茂ったドクダミやアザミの中に、細く古い石段が左に曲がりながら延びている。上の方で水が湧いているのか、石段はしっとりと濡れており、木漏れ日を照り返してほのかな光を放っていた。

下まで行って見上げてみると、石段の上、一抱えほどもある杉の大樹の下に、観音開きの小さな社が鎮座していた。小さいと言っても、周囲の木が大きいためそう見えるだけで、三畳ほどの広さはあるようだ。社の脇には摩耗した石碑も立っている。三人は揃って石段を上り、社の前で立ち止まった。石碑を見た鏡太郎が口を開く。

「どうやら水天を祀っているようですね」

「すいてん？　何だそれは」

「密教で言う十二天の一つで、要は水の神です。地の神様なら地天、太陽なら日天、月だったら月天《がってん》ですよ。そんなこともご存じないのに河童を狩ろうなどとは全くもって片腹痛い」

「河童とは関係ないだろうが！　それより車屋、河童はどこにいる？　どうやったら出てくるんだ？」

「いや、俺に聞かれましても……。泉先生、どうなんです」

「キュウリを餌にして釣りでもしてみたらどうですか？　あるいは、ご自分のお尻を川に浸けてみるとか」

「適当に言っているだろうお前！」

馬鹿にされていると気付いた笛吹が声を荒らげる。義信は呆れながら二人を諫めようとしたが、その時、ギッ、と軋んだ音が響き、社の戸が開いた。

「わっ！　河童か!?」

笛吹が甲高い声をあげて驚き、反射的に銃を社に向ける。と、鏡太郎がすかさずその銃身を押しのけ、「落ち着いてください」と声を発した。

「河童ではありません。人ですよ」

鏡太郎の言うように、社の中から現れたのは小柄な男性だった。

年の頃は五十歳ばかり。色褪せた着物に膝から下を絞った袴という出で立ちで、鹿革の火打ち袋を腰に提げている。日焼けした顔には深い皺が刻まれ、短い髪は灰色で、頭の上にはくしゃくしゃの頭巾。湿った草鞋《わらじ》をつっかけて社から現れた男は、社の前の鏡太郎たちを見回し、怪訝そうに目を細めた。

「子供がこんなところに何の用だ？　釣りか？　それともきのこ狩りか……？　今日は日曜日でもあるまいに」

「子供とは何だ。僕は笛吹幸篤、れっきとした狩人だ！　そっちこそ何者だ？　なぜ社の中から出てきた？」

「偉そうな坊ちゃんだのう。おらは見ての通りの堂守よ。赤沼次郎《あかぬまじろう》と呼ばれとる」

そう名乗った男は、社の扉を閉めて手を合わせ、「水天堂を祀りつつ、近くの水門の保守点検をするため、近くの里の者に頼まれて、五、六年前から社に住んでいるのだ」と自己紹介した。鏡太郎が興味深そうに応じる。

「堂守が社に住んでおられるんですか？　珍しいですね」

「そうか？　御一新前はそうでもなかったが……。まあ、立派なお社なら住まいが別にあるが、ここにはそんなものを建てる場所もねえ。村から通うにしてもこの脚ではきついし、おらは元来、人付き合いが苦手な上、身寄りもいねえでな。流域の里の衆の了承を得て、間借りさせてもろうとる。慣れると、なかなかええもんよ」

木漏れ日を浅黒い顔に受けた次郎がニカッと笑う。その笑顔は朗らかで、そういう生き方もあるのかと義信は共感したのだが、そこに笛吹が割り込んだ。

「そんなことはどうでもいい。河童はいないのか？　僕はこのあたりにいるという河童を撃ちに来たのだ」

胸を張った笛吹が自慢げに銃を掲げる。それを聞くなり、次郎の顔がさっと曇った。なぜか軽く握った右の拳を胸元へ持ち上げた次郎は、その拳をすぐ下ろし、大きく眉根を寄せて笛吹を睨んだ。

「馬鹿を抜かせ。ここは水天様の聖域だぞ？　そんなものが出てたまるか」

はっきりと顔をしかめた次郎が、ないない、と言いたげに首を横に振る。その剣幕に笛吹は一瞬面食らったが、すぐに「馬鹿とは何だ」と食い下がった。

「大体、実際に見た者がここにいるんだぞ。そうだな車屋？」

「え？　ええ、まあ……。ですがね、何度もお話ししましたが、俺が見たのが本当に河童だったかどうかは分かりませんし」

「うるさい！　ともかく、それらしいものがこのあたりにいたのは確かなんだ。さあ、どうなんだ、おっさん？　隠すとためにならないぞ」

「知らねえもんは知らねえ。バチが当たる前に引き揚げるこったな、坊ちゃん」

「誰が坊ちゃんだ！　どいつもこいつも、僕を誰だと思っている……？　いいか、あんたはここに寝起きしているんだろう？　だったら、怪しい物音や物陰、噂の一つくらいは知っているんじゃないのか？」

苛立った笛吹が次郎に詰め寄る。手足も長く胸板も厚い笛吹と、小柄な次郎とでは体格がまるで違う。もし喧嘩にでもなれば次郎が大怪我をするのは明らかだ。焦った義信は助言を求めて鏡太郎に目をやったが、鏡太郎は軽く眉根を寄せたまま次郎を見据えており、何も言おうとしない。

と、笛吹に睨まれていた次郎が、これ見よがしに溜息を吐いた。

「……分かった」

「分かった？　何がだ」

「水天様の不名誉になるんで人には言わんようにしとったが、脅されたんでは仕方ねえ。……ああ、河童だか何だか知らねえが、そういう噂を聞いたことはある。ほれ、すぐそこに淵があろうが？」

笛吹を押しやり、次郎は川下にある大きな淵に目をやった。淵のほとり、ちょうど義信が例の人影を見たあたりを、節くれだった指で示しながら次郎が続ける。

「あの淵は、在郷の者は『赤沼』と呼んどる。おらの『赤沼』の名もそこから付いたもんだ。で、おらは見たことはねえが、日の入りから夜さりの頃、赤沼のほとりに出るという話は、あるにはある」

「何が出るのだ」

「色々だ。妙な人影が立っていたとか、怪しい鳴き声が聞こえるとか、鬼火がちらつくとか……」

「しっかり伝わっているじゃないか！」

次郎の淡々とした説明に、憤慨した笛吹が割り込んだ。笛吹は次郎を睨んだが、すぐに晴れやかな笑顔になり、嬉しそうに拳を握った。

「だが、おかげで確信が持てた。河童、もしくは河童のような何者かは、確実に存在するんだ！　存在するなら仕留めることだってできる！」

「やめたほうがええだ。赤沼は、見た目こそ穏やかだがな、底は流れが渦巻いておるし、おまけに水は年中冷たい。しかも、岸から少し離れるといきなりガクンと深くなっとるから、うっかり落ちたら助からねえだよ」

「落ちなければいい話だろうが。車屋！　夜までここで張り込むぞ！」

「はあ……」

「仕方ないですね。お付き合いします」

義信が気の抜けたような声で応じ、腕を組んだ鏡太郎が続いてうなずく。笛吹は

「別にお前も残れとは言っていないが？」と険しい顔になったが、あっさり気を取り直すと、待ち伏せの準備をすべく、人力車へと戻っていった。

やる気になった笛吹は、義信や鏡太郎を使って淵を監視できる場所に天幕を張り、待ち伏せ猟の支度を整えた。狼狩りの経験を豪語するだけのことはあり、笛吹が枝葉で偽装した天幕は注視しないと気付けないほど周囲の風景に溶け込んでいた。その内側は広く、火も焚けるようになっており、自慢された鏡太郎は歯噛みした。

次郎は藪の中に舫ってあった小舟で出かけてしまったので、赤沼の近くに残ったのは笛吹ら三人だけとなった。やがて日が傾くと、笛吹は銃口を天幕の隙間から突き出し、銃身を支えに置いて、河童を待ち構える態勢に入った。

天幕の中に身を縮めた義信は、細い隙間から淵の様子を窺いつつ、傍らの鏡太郎に横目を向けた。待ち伏せの準備を始めた頃から鏡太郎はほとんど口を利いておらず、ずっと眉根を寄せている。河童を撃つという行為に納得がいかないのだろうが、何かを考え込んでいるようにも見えた。

山の日の入りは里よりも早い。あたりは早くも宵闇に覆われ、目を凝らしてもほとんど何も見えない。ただ葉擦れの音や川音が聞こえるばかりだ。

先日、義信が河童らしきものを見かけた時間帯はとうに過ぎていた。

もう、今夜は出ないのではないか。出たとしても見えないのでは……？

義信はそう思っていたが、ふいに、その考えを打ち破るように、ぽっ、と小さな火が暗闇の中に浮かび上がった。

ほぼ同時に、キュウ、キュウ……という甲高い声、そしてペタペタという足音が、淵のほとりから響いてくる。

「――来た」

笛吹が微かな声を漏らし、銃を構える手に力を込めた。

鏡太郎は息を呑んで目を凝らしており、義信もまた、それから目を離すことはできなかった。

闇の中に揺れる火は極めて小さかったが、その傍に小柄な人のようなものが立っているのはぼんやりと見える。

今の声は先日聞いたものとは違うようにも思うが、何かがいるのは間違いない。まさか、本当に河童なのか。だとしたらそれを撃たせていいのか……!?

逡巡する義信の傍らで、興奮した笑みを浮かべた笛吹は引き金に指を掛け――。

「駄目です！」

突然鏡太郎が大声をあげた。

驚いた笛吹が反射的に銃から手を離す。邪魔された笛吹は当然「おい！」と怒鳴ったが、その時にはもう鏡太郎は手燭を片手に、天幕から飛び出していた。

呆気に取られる笛吹と義信の前で、鏡太郎は怪しく揺れる小さい火へと駆け寄り、手燭の灯りで謎の人影を――小さな灯明皿を足下に置いて、竹竿を手にした赤沼次郎を――照らし出した。

「こ、こりゃあ何の騒ぎだ？」

次郎が目を丸くする。鏡太郎は、たじろぐ堂守を一瞥した後、天幕の笛吹と義信に向き直って口を開いた。

「ご覧の通り、これは河童ではなく次郎さんです。撃つべきではありません」

「昼間の堂守……？　おいお前！　一体何のつもりだ！」

「何のつもりって、夜釣りでねえか」

天幕から出てきた笛吹に睨まれた次郎がけろりとした顔で言う。「夜釣りだと？」と笛吹が大きな声を発した。

「なら、その小さい火は何だ」

「山の魚は大きな火を怖がるだよ。これくらいの灯りの方が寄ってくるだ」

「じゃあさっきのキュウキュウという声は」

「声？　ああ、竹竿を繋ぐ音のことだか？」

次郎が竹竿をねじると、聞き覚えのある声が淵のほとりに響く。笛吹は絶句し、鏡太郎がなるほどとうなずいた。

「妙な人影や怪しい鳴き声、鬼火などの正体は全て次郎さんだったのですね」

「のですね、じゃない！　お前、昼間は『おらは見たことはねえ』とか言ってただろうが！　なのにお前自身が河童の正体だと!?　馬鹿にしているのか？」

「馬鹿になんかしちゃいねえだよ。まあ、これまで考えたこともなかったが、この眼鏡の坊の言うように、おら自身が噂の原因だったのかもしんねえなあ」

笛吹に睨まれた次郎がのんびりと告げる。そのあっけらかんとした物言いに、笛吹は再び言葉を失い、数秒間沈黙した後、「ふざけるな！」と絶叫した。


その後、次郎は「遅いから社に泊まっていけばいい」と提案してくれたが、激怒した笛吹は「もうたくさんだ。宿に帰る」と言い張り、義信と鏡太郎に天幕一式を片付けさせ、人力車の座席に身を投げ出して寝入ってしまった。

いびきを響かせる笛吹を乗せ、義信は静かな夜の山道を歩いた。提灯を掲げて人力車を先導していた鏡太郎が、熟睡する笛吹を一瞥し、憎々しそうに目を細める。

「いい気なものですね。谷川に突き落としてやりましょうか」

「止めてください。俺の信用がガタ落ちになります」

義信は笛吹を起こさないよう小声で反論し、改めてあたりを見回した。

ガス灯はおろか、灯籠すらない夜の山道では、鏡太郎の持つ提灯が照らし出す範囲はいかにも狭く、対して暗がりの範囲は遥かに広い。

斜面の遥か下の暗闇からは、犀川の流れる音が聞こえてくる。足を踏み外さないよう気を付けながら、義信はずっと引っかかっていたことを口にした。

「……泉先生。結局、河童は次郎さんだったということでいいんでしょうか？　俺が見た河童のような人影には、嘴があったように思うんですが……。声も違った気がしますし、それに、あれは」

「淵に飛び込み、凄まじい速さで泳いで消えた。そんなことがあの人にできるのだろうか？」

義信の言葉の先を読んだ鏡太郎が口を挟む。

どうやら鏡太郎も義信と同じことを考えていたようだ。そうです、と義信は勢い込んでうなずいた。

「カワウソか何かを見間違えたのかとも考えましたが、カワウソなら茶色でしょう。あれは間違いなく黒い背中をしていて、カワウソよりも大きかったんです。……俺は一体何を見たんです、泉先生？」

不安な声で義信が問いかける。だが、縋るように義信が見つめた先で、提灯を掲げた小柄な少年は、分かりません、と首を横に振った。

「僕にもさっぱり分かりませんが……一つ、確かなことがあります。次郎さんは、間違いなく何かを隠しています」

＊＊＊

河童狩りが無駄足に終わってからしばらく後の日曜日のこと。鏡太郎と義信は、殿町の教会の礼拝堂の前にいた。

毎週恒例の日曜礼拝が終わったところのようで、礼拝堂からは、信徒たちが一人、また一人と立ち去っていく。そして、最後の一人である頰かむりをした野良着の男が礼拝堂を出ようとした時、門扉の陰に立っていた鏡太郎が声を掛けた。

「こんにちは、赤沼次郎さん」

「え？　あっ、あんたらは――！」

呼び止められた男性――赤沼次郎は、鏡太郎と、その傍らに立つ義信を見比べて大きく息を吞んだ。顔色を変えて立ち止まった次郎を前に、義信は腕を組み、鏡太郎に横目を向けた。

「泉先生の言う通りでしたね。水天というのは確か仏教の神でしょう。それの堂守をしておきながら教会に通っているとは……」

「信仰の形は人それぞれですよ、義さん。咎めるべきではありません」

「ど、どうしておらが教会に来ていると分かったんだ……？」

「初対面の時、あなたは『日曜日でもあるまいに』と言われました。明治以降に学校に通った世代ならともかく、あなたくらいのお歳で曜日を把握している方は珍しい。日曜に礼拝する習慣があるキリスト教徒なら別ですが」

「……あ」

「それと、笛吹さんが河童を撃ちに来たと言った時、あなたは右の拳を胸元に持っていき、すぐに下ろしました。あれは、無益な殺生の話を聞いて、反射的に十字を切ろうとしてしまい、慌てて止めたんですよね？」

次郎に歩み寄った鏡太郎が淡々と問いかける。観念した次郎が渋面でうなずくと、鏡太郎は「言い触らすつもりはありませんのでご安心を」と言い足し、静まりかえった礼拝堂に次郎と義信を招き入れて扉を閉めた。

正面には大きな十字架が掲げられ、それを見上げるように長椅子が何列も並んでいる。ステンドグラスを透過して差し込む光の中、長椅子の間の通路に立った鏡太郎は、不安げに佇む次郎へ向き直った。

「ここをお借りすることはポートル先生に話を通してありますから、しばらく誰も入ってきません」

「……そうかい。で、おらに何の用だ」

「実は、先日の河童の一件が気になって、少し調べてみたのです。聞き回ってみたところ、あの淵には確かに河童の噂がありました。誰かが襲われたとかではなく、ただそれらしいものを見ただの、声を聞いただの、些細な噂ばかりでしたが、おかしな点がありました。普通、この手のお化けの噂は、流行ったとしても一昔前で、次第に下火になっていくものです。ですが赤沼の河童は、ここ五、六年ほどの間に……つまり、次郎さんが堂守になってから語られるようになっていたのです」

鏡太郎の淡々とした語りが、長椅子の間に響いていく。次郎は何も言わなかったが、鏡太郎はさらに言葉を重ねていった。

「もっとも、これらは次郎さん自身が河童の噂の原因だとすれば筋は通ってしまうのですが……ただ、他にも収穫はありました。次郎さんは近郷から頼まれてあそこに住んでいると言っておられましたが、実際のところは、ご自分から申し出られたそうですね。これは義さんが聞いてきてくれました」

「赤沼の堂守は、六年ほど前にひょっこり現れ、放置されていた水天堂に住みたいと言ってきた。水門の管理もやると言うので、それは助かると思って任せたのだと、そういう話を何人かから聞きましたよ」

鏡太郎に続いたのは義信だ。二人に見つめられた次郎は沈黙を続けていたが、やがて十字架をちらりと見やり、素直に首を縦に振った。

「そうだ。全部、あんたらの言う通りだ」

「え。素直に認めるのですか？　僕らが聞き集めたのは単なる噂ですよ。否定することもできると思いますが……」

「神様の前では嘘は吐けねえ」

目を閉じた次郎は、二人に見せつけるようにはっきりと十字を切り、その上で、自分の生い立ちを語った。

「おらは元々、七尾《ななお》の船乗りで、幕藩時代からずっと外洋に憧れておったんだ」と次郎は語った。大型船の建造や海外への渡航を厳しく取り締まっていた幕府が倒れると、次郎は亡命同然の方法で西洋に渡る船に乗り込み、そのまま乗組員になった。

やがて、仲間の船員たちに感化されてキリスト教を信仰するようになった次郎は、アメリカ船籍の船の船員として何年も大西洋を回った。だが、寄る年波には勝てず、当時乗っていた船が日本近海に来た時に下船したのだった。

久々に母国の土を踏んだ次郎だが、長年の西洋船での暮らしのため、日本の生活に馴染めなくなってしまっていた。それを痛感した次郎は、一人で余生を静かに過ごせる場所を探し、あの水天の社に辿り着いたのだという。

一人の船乗りの人生に、鏡太郎は興味深げに聞き入っていたが、やがて次郎が語り終えると、「ありがとうございました」と一礼して口を開いた。

「あなたがキリスト教徒であるいきさつはよく分かりました。しかし、僕が知りたいのは河童のことなのです」

「それは――」

「ご自分の口から言いたくないなら、僕の質問に答えていただくだけで結構です。……ああ、ご安心ください。あの笛吹さんはもう河童狩りに見切りをつけ、金沢から立ち去ったようです。そして僕らも河童を狩るつもりはありません。僕もこの義さんも、真相を知りたいだけなんです」

「それを信じろと言うだか?」

「僕はキリスト教徒ではありませんが、この教会のポートル先生は僕の最高の恩師です。あの人の信じる神の前では、僕も嘘は言えません」

不安げに眉をひそめる次郎を見据え、鏡太郎が明言する。まっすぐな視線を向けられた次郎は、そうか、と言いたげに肩をすくめ、しわがれた声を発した。

「……何でも聞くがええ」

「ありがとうございます。ではお尋ねしますが――あなたは、あの社かその周辺に、誰かを匿っているのではありませんか?」

「『誰か』?」

「はい。とても泳ぎの達者な子供か、あるいは小柄な大人か……。少なくとも次郎さん以外の人物です。今のお話からすると、海外から誰かを連れ帰ってきたのではありませんか？　そして、その人の存在を隠すため、あなたは先日、あえて噂通りの振る舞いを見せて、河童の正体が自分だと笛吹さんに誤認させた。違いますか？」

鏡太郎の堂々とした詰問が礼拝堂に響き渡った。聞き手に回っていた義信でさえも思わず息を吞むようなまっすぐな問いかけに、次郎は大きく息を吞み、首をはっきりと左右に振った。

「違う」

「そうでしょう。やはり――えっ!?　ち、違う？　違うんですか!?」

目を大きく見開いた鏡太郎が間抜けな声で問いかける。

戸惑った鏡太郎と義信が顔を見合わせると、次郎はしっかり胸を張って「違う」と繰り返し、念を押すかのように十字を切ってみせたのだった。

「神様に誓って嘘は言わねえ」

＊＊＊

「『神様に誓って』って、堂守のおっさんも言ってたじゃないですか……。あれは嘘を言ってる顔じゃなかったですよ、泉先生」

「それは認めますが、ならば結局義さんが見たのは何なのか、分からずじまいじゃないですか。僕は納得できません」

「だからって、また来なくても。推理が外れたのがそんな悔しいんですか？」

「逆です。むしろ僕はワクワクしているんです。だって本物の河童がいるかもしれないんですよ？　と言うか、義さんこそ、どうして来たんです？　付き合ってくれとは言っていませんが」

「俺だって気に掛かってはいるんですよ。何せ自分の目で見たんですから……」

礼拝堂の一件の翌日の夕方、鏡太郎と義信は再び赤沼を訪れていた。

こうなったら直接淵を調べるしかない、と鏡太郎が言い出したためである。

社の周辺に小舟は見当たらないので、次郎はどこかに出かけているようだ。ひと気のない山中の淵のほとりで、二人は岸辺に立ち、濁った淵を覗き込んだ。

上流で雨が降ったのか、川の流れは先日よりも速く、岸辺の土も崩れやすくなっている。大きい石の上に足を置きつつ、義信は先日の次郎の忠告を思い出した。

――赤沼は、見た目こそ穏やかだがな、底は流れが渦巻いておるし、おまけに水は年中冷たい。しかも、岸から少し離れるといきなりガクンと深くなっとるから、うっかり落ちたら助からねえだよ。

「これは、あまり川に近づくと危ないですね」

「ですね。しかし河童はむしろこういう日にこそ――」

と、鏡太郎が何かを言いかけた時だ。

川上から、ばしゃん、と大きな水音が響いた。

魚やカワウソよりも大きな何かが立てたとしか思えない音に、義信は思わず顔を上げた。同時に鏡太郎が大きく川面に身を乗り出し――そして、二人の足元の土が、ずるり、と滑った。

「しまっ――」

しまったと言い終えるより早く、義信と鏡太郎の体は赤沼に落ち込んでいた。

義信の視界が一気に青緑に染まり、鼻や耳や口に水が流れ込んでくる。

義信は慌てて水を掻いたが、ぐるぐる渦巻く流れのおかげで岸に近づくことができない。これ以上沈まないようにするのが精一杯だ。おまけに、身を切るように冷たい水が、ぐんぐんと体力を奪っていく。視界の端では鏡太郎が必死に藻掻いていたが、やはり浮上できないようだ。

このままでは、二人とも助からないかもしれない……！

義信が本能的に焦りを感じた、その時だった。

山の夜のように深い暗がりの中、底の見えない赤沼の奥から、まっすぐに何かが向かってくるのが見えた。

大きさはおそらく子供ほど。真っ黒な体を弾丸のように伸ばし、氷のように冷たい水の中を、滑るように、もしくは飛ぶように、義信たちに接近してくる。

黒く大きな目と太く尖った嘴を備えたそれは、無様に藻掻く義信たちの周囲をぐるぐると回った。

それを指差した鏡太郎が大袈裟に騒ぐ。水中なので声は聞こえないが、「河童だ！」と言っているのは理解できた。義信は思わずうなずき返し、水を掻くのも忘れて河童を見た。

人間なら翻弄されるばかりの冷たく激しい水流の中を、河童はまるで無風の空を飛ぶ蝶か蜻蛉《とんぼ》のように、優雅に、自由に泳いでいる。

美しい――と義信は思った。

こんな風に泳ぐ生き物を義信は知らないし、それは鏡太郎も同様だった。

二人がぽかんと見入る先で、河童は難なく水面へ浮上し、水上に顔を突き出した。

エルルルルルルルルルル……！　という、何かを訴えるような甲高い鳴き声が、波紋とともに広がっていく。

河童の声があたりに響き渡ると、それに呼応するように、しわがれた声がどこかから聞こえてきた。

「どうした三郎？　何の騒ぎだ？」

次郎の声だと義信は気付いた。船で出かけていた次郎が帰ってきたらしい。それに気付いた義信は鏡太郎を小脇に抱え、最後の力を振り絞って水を掻いた。

岸に近づけなくとも、船が来てくれれば……！

そう考えた義信は力任せに浮上し、ざぶんと水面に顔を出して叫んだ。

「助けてくれ！」

＊＊＊

その後、鏡太郎と義信は、無事に次郎の小舟に引っ張り上げられ、岩場に下ろされた。二人は思う存分水を吐き、空気を吸い、次郎に何度も礼を言い、その上で、次郎の傍らにちょこんと立つものへ――鏡太郎たちが溺れていることを知らせてくれた恩人へ――目を向けた。

「泉先生」と義信が訝った声を発する。

「これは……河童ではないですよね」

「でしょうね」

岩場に腰を下ろしたまま鏡太郎が即答する。ですよね、と相槌を打ち、義信は目の前にいるものを改めて眺めた。

そこに立っていたのは、黒く大きな鳥だった。

背丈はおおよそ三尺（約九〇センチメートル）。寸胴で縦に長い胴体をしており、その上に短い首が伸びている。強いて言うならカラスに似た顔には太くて長い嘴があり、目と嘴の間には大きな白い斑点があった。体に比して翼は小さく、とても空を飛べるようには見えない。脚は短かったが足首から先の作りは大きく、広がった指の間には水かきがある。身を覆う羽毛は黒く、腹だけは真っ白だ。

その鳥は、川に落ちていた人間たちに興味があるのだろう、何度も首を傾げながら、義信と鏡太郎を見比べている。

白目のない大きな瞳を見返しながら、義信は深く困惑した。

嘴があり、翼があり、全身は羽毛に覆われている。つまりこれは間違いなく鳥なのだが、義信の知っている大きな鳥、たとえばコウノトリやトキや鶴などとは体形からしてまるで違うのだ。

「これが、俺の見た河童の正体……。しかし、これは一体何なんです？　こんな風に胴体が長くて、まっすぐ立ってる鳥なんて、俺は見たことも聞いたこともない」

「無理もないと思いますよ。日本に生息している種ではありませんから」

答えたのは鏡太郎だった。濡れた眼鏡の水滴を指で拭った少年は、驚いた、と言いたげに大きく息を吸い、目の前の河童——鳥を見据えて続けた。

「これは、ペンギンです」

「ペ……『ペンギン』？」

「ほう。眼鏡の坊は知っとったか」

「英和学校の図書室にあった雑誌で読みましたから」

「そうか。……なら、おらが隠していた理由も分かろう」

擦り寄ってきた黒い鳥——ペンギンを撫でながら、次郎が寂しそうに告げると、鏡太郎は無言で首肯した。どういうことだと義信は思ったが、疑問を口にするより先に鏡太郎が口を開いていた。

「ペンギンは滅んだはずなんです」と、鏡太郎はやるせない口ぶりで語った。

ペンギンは本来、アメリカの大西洋沿岸部やアイスランド、スコットランド北方など、北大西洋全域に生息していた、空を飛べない鳥だった。一日のほとんどの時間を水中で過ごし、繁殖期になると海辺の岩場などに上陸して集団で営巣する。

このペンギンの肉や卵、羽毛や油に目を付けたのが、大西洋を行き来する船乗りたちだった。ペンギンは水中でこそ人間より遥かに速いが、陸上では棍棒さえあれば捕獲できる。かくして十六世紀には数百万羽はいたペンギンはみるみる数を減らし、唯一残っていた繁殖地も、一八三〇年の海底火山の噴火により失われてしまった。

「この頃になって西洋の人々はようやく、ペンギンが滅びつつあることに気付きました。……そして、その後がなお悪かったんです。義さんは『ミュージアム』をご存じですか？　古今東西の希少な文物を保管し研究する施設で、日本語を当てれば『博物館』とでもなりますが、そういう施設が西洋には幾つもあるんです」

「はあ……。で、そのミュージアムが何か」

「ペンギンの標本に懸賞金を掛けやがったんだ」

義信の問いに次郎が答える。無邪気に首を動かすペンギンを撫でながら、元船乗りの男は目尻に涙を滲ませた。

「ミュージアムの連中はな、こぞって、こいつらの死体を大金で買い取ると言い出したんだ。そんなことをしたら、どうなるかは分かろう？　金に目のくらんだ船乗りたちは、僅かに生き残っていたこいつらを、狩って狩って狩りまくった。結果――」

「ペンギンは、四十年前に殺されたつがいを最後に絶滅したと言われています」

「絶滅……ですか」

「読んで字の如しですよ、義さん。一羽残らず、絶えて滅んだんです」

聞き慣れない言葉を問い返した義信に、鏡太郎が静かに応じた。

ここで次郎や鏡太郎が語った「ペンギン」は、和名を「オオウミガラス」といい、現在知られているペンギンとは別の種である。

本来「ペンギン」の名は、北半球に生息していたオオウミガラスに与えられていたものであった。南極海など南半球に生息するペンギン、つまり我々がよく知るペンギンがペンギンと呼ばれているのは、オオウミガラスに似ていることからペンギンの名前が与えられたためである。本来のペンギンことオオウミガラスの名は、現在では、ドードーやリョコウバトと並び、近代の絶滅を象徴する種として知られている。

「こいつは、アイスランドの岩礁で捕まえたんだ」と次郎は言った。「食うつもりだったんだが、がりがりに痩せててなあ。最初はペンギンだとは分からなかった。太らせて食おうと思って餌をやったら……こいつは、おらに懐いたんだ。ずっと天涯孤独の身の上だったからか、ピョコピョコ後をついてこられると、情が移っちまってなあ……。幸い、その時乗ってた船にいたのは、新聞も雑誌も読まねえ連中ばっかりだったから、懸賞金のことは知らなかった」

「だが次郎さんは知っていた。知っていた上で匿ったんですね」

「そうだ。日本で船を降りる時、溜まっていた給金の代わりに、おらはこいつを――三郎を引き取った。こいつらを滅ぼしたのは、おらたち船乗りの、海に出たい、一旗揚げたいって気持ちなんだ。それを思うと……贖罪《しょくざい》だなんて偉そうなことは言えねえが、ただ、殺させちゃいけねえ、生かさなきゃなんねえと思った」

次郎が「三郎」の頭を撫でる。次郎にとってのこの鳥は、唯一の肉親のような存在らしかった。鏡太郎が「どう言えばいいか分かりませんが……」と口を開く。

「僕はあなたを尊敬します、次郎さん」

「……そうか。ありがとな、坊」

次郎が日焼けした顔に悲哀に満ちた笑みを浮かべる。

と、三郎は、鏡太郎や義信を眺めるのに飽きたのか、ぺたぺたと川岸に歩いていき、太い嘴を空へと向けた。

ひょう、ひょう――という、竹を軋らせたような高い鳴き声が、静かな赤沼に響き渡る。その声に義信はあっと声をあげた。

「俺の聞いたのはこの声だ……！」

「だろうなあ。こりゃあな、こいつらが仲間を呼ぶときの声なんだよ、多分。可哀想な話じゃねえか。仲間なんざ、もうどこにもいねえのに……。おらたち船乗りがみんな、狩り尽くしちまったんだからよ……」

次郎が十字を切り、鏡太郎が無言で目を伏せる。

短い沈黙の後、鏡太郎は、「この鳥が――」とつぶやいた。

「三郎が本当に河童だったなら……河童のように空も飛べて、体を小さくして貝の穴に隠れることができれば、滅ぶこともなかったんでしょうね」

悔しさと悲しさの入り混じったような声を鏡太郎が漏らしたが、それが聞こえているのかいないのか、三郎は哀切を帯びた鳴き声を響かせ続けていた。

どこにもいない仲間を呼ぶ声を聞きながら、義信は、鏡太郎が発した「絶滅」という言葉の重みを感じ、同時に、先日、鏡太郎が告げた言葉を思い返した。

――害獣を退治することを否定する気はありません。ご自慢のその銃も、確かに素晴らしい道具ではあるのでしょう。

――ただ僕は、闇雲に力を振るうのではなく、力の使い方を慎重に考えるべきだと思うだけです。

あの時は聞き流してしまったが、今の義信には鏡太郎の言葉の意味が分かった。

人は既に、一つの種を簡単に殺し尽くせる力を持っており、そして、その力を制御できていない。その事実の恐ろしさに、義信はぶるっと体を震わせた。

そろそろカラスがねぐらに帰る時間のようで、夕山のどこかから、カアカアと呼び交わす声が幾つも聞こえてきた。

つがいや親子で集まって飛んでいくカラスたちの声と、たった一羽しかいない飛べない鳥の鳴き声が、重なり合って静かな山中に染み入っていく。

かあ、かあ、ひょう、ひょう……かあ、かあ、ひょう、ひょう……と繰り返される声に、鏡太郎たちは黙って耳を傾け続けた。

「貝の穴に河童の居る事」とミス・ポートル

「貝の穴に河童の居る事」は昭和六年（一九三一年）に発表された童話風の短編で、主人公は海辺に暮らす「赤沼の三郎」という河童である。身を縮めて貝の穴に隠れていた三郎は、笛吹きの男たちに傷を負わされ、山中の神社に住まう姫神（女神）に仕返しを依頼する。姫神は不思議な力で笛吹きたちに恥をかかせ、それに満足した三郎は空を飛び、気持ち良さそうに「ひょう、ひょう」と鳴きながら帰っていく。

よく知られた妖怪である河童を主人公としていながら、川でなく海に住み、体を小さくして穴に隠れ、鳴きながら空を飛ぶという「赤沼の三郎」の設定は、比較的マイナーな河童の伝承を足し合わせたもので、鏡花が幅広い記録を踏まえていたことが分かる。

また、本作に登場する「姫神」は、神社に住まいながらも、河童のような土着の妖怪や精霊たちと付き合いを持つという、神道の神としては不自然にも見える設定で描かれる。ここに見られるような独特の宗教観を形作った要因の一つに、ミッション系の学校に通った経験と、そこでの「ミス・ポートル」ことフランシーナ・ポートルとの出会いがあると考えられる。宣教師の妹であり、北陸英和学校の教員でもあった彼女は、母のいない鏡花（鏡太郎）を目にかけており、鏡花はこの恩師との出会いを通じてアラビアンナイトを始めとする海外の作品に触れたという。

鏡花は生涯キリスト教に改宗することはなかったが、彼の作品に通底する相対的で近代的な価値観の一端は、この英和学校時代に培われたと見ることはできるかもしれない。

第四話「竜潭譚」

（略）何処《いずく》より来《きた》りしとも見えず、暗うなりたる境内の、うつくしく掃《は》いたる土のひろびろと灰色なせるに際立《きわだ》ちて、顔の色白く、うつくしき人、いつかわが傍《かたわら》にゐて、うつむきざまにわれをば見き。

極めて丈高《たけたか》き女なりし、その手を懐《ふところ》にして肩を垂れたり。優《やさ》しきこゑにて、

「こちらへおいで。こちら。」

といひて前《さき》に立ちて導きたり。見知りたる女《ひと》にあらねど、うつくしき顔の笑《えみ》をば含みたる、よき人と思ひたれば、怪《あや》しまで、隠れたる児《こ》のありかを教ふるとさとりたれば、いそいそと従ひぬ。


（泉鏡花「竜潭譚」より）

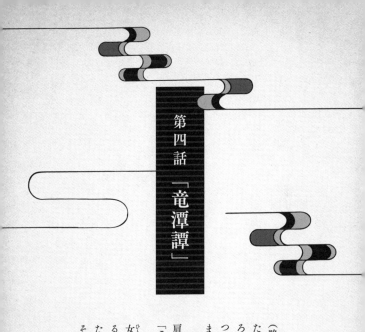

蒸し暑かった夏がようやく過ぎ行き、山からの風が秋めいた涼しさを運んでくるようになった頃の、ある曇りの日の昼下がり。

鏡太郎は卯辰山の麓に佇む古寺の門前で人力車を降り、一冊の本を片手に、傾斜のきつい石段を登った。車を停めた義信もそれに続く。

二人が石段の先の山門をくぐると、綺麗に掃き清められた境内には線香の香りが漂っていた。正面には瓦屋根の本堂がそびえ、傍らの僧堂からは修行僧たちの読経の声が重なって響いてくる。その声を聞きながら、鏡太郎は訝しげに首を傾げ、義信へと振り返った。鏡太郎の手元には、貸本屋の印が押された「不思議辨妄《べんもう》」という本がある。

「瀧が呼んでいると言ったから貸本屋に行くものだと思っていたのですが、なぜ僕はお寺に連れてこられたのです？　返す本を持ってきてしまいました」

「俺も詳しい事情までは聞いていないんですよ。とりあえず泉先生を呼んでこいと言われただけでして……。とにかく本堂へ」

そう言うと義信は鏡太郎を先導して短い階段を上り、「お連れしました」と一声掛けて戸を開いた。

濃厚な線香の香りが広がり、集まっていた人たちが一斉に振り返る。

本堂に座していたのは、老住職を中心に、貸本屋の瀧とその両親、そして義信の知らない十歳ほどの男児と、身なりのいい中年の男性と老婆という顔ぶれだった。本堂には妙に重苦しい雰囲気が漂っており、鏡太郎の顔を見た瀧がほっと安堵する。

「鏡太郎さん、来てくれたんですね。ありがとうございます、車屋さん」

「いや、俺はただお連れしただけですから」

「それで一体何の用なんだ？　瀧だけかと思ったら、おじさんにおばさん、それに知《ち》里《さと》まで……」

入室した鏡太郎は戸を閉めて腰を下ろし、肩を丸めた男児に目をやった。

色が白く細面の、大人しそうな少年である。優しげな顔立ちをしているものの、目は赤く潤み、ただでさえ小さな肩を縮めているので、いかにも悲しそうに見える。

義信は初めて見る顔だが、鏡太郎にとっては既知の相手らしい。素性を尋ねていいものだろうかと思いながら屈んだ義信に、鏡太郎が振り返って小声で言う。

「こちらの少年は矢《や》代《しろ》知里で、隣におられるのがそのお父上とご祖母です。矢代家は代々紙問屋を営んでおられまして、知里は瀧の許嫁《いいなずけ》です」

「ああ、なるほど……え。許嫁？」

意外な言葉に義信が思わず問い返すと、瀧や知里らは揃ってうなずいた。

そう言えば、瀧には許嫁がいると以前聞いた気もするが、こんな幼い少年だとは思わなかった。知里は小柄な上に肩を丸めているため、瀧と向かい合って座っている様は、婚約者同士というより姉弟のようだ。「貸本屋と紙屋ですからね」と鏡太郎が抑えた声で補足する。

「家同士の付き合いで、当人たちが物心付く前に決まったんだと聞いています。それで、一体全体なぜ僕が呼ばれたのですか？」

鏡太郎が座ったまま身を乗り出す。見つめられた大人たちは、口火を切る役目を押し付け合うように無言で視線を交わしていたが、ややあって瀧が口を開いた。

「鏡太郎さん。今年、知里のお母様が亡くなられたのはご存じですよね」

「……ああ。ずっと体を悪くしておられて、梅雨入りの頃に亡くなられたと聞いている。僕の母に似て、とてもお優しい方だったのに……」

鏡太郎が目を伏せた。自身も幼い頃に母を亡くしている身なので知里の気持ちがよく分かるのだろう、鏡太郎は無言で追悼の意を示し、それで、と話の続きを促した。

瀧がうなずいて続ける。

「知里のお母様のお墓は、鏡太郎さんのお母様と同じく、このお寺の後ろの卯辰山にあって、知里はそこによくお参りしているんです。そうだよね？」

「……はい」

瀧の優しい問いかけに知里がこくりと首肯する。それを確認した上で、瀧は鏡太郎に向き直って話を続けた。

義信は、この話を部外者の自分が聞いていいものかと迷ったが、「じゃあ俺はこれで」と出て行く機会も摑めない。帰れと言われたら帰ろうと開き直って耳を傾ける先で、瀧は、知里が今年の春に優しかった祖父も失っていたことを語った。

祖父に続いて母親まで失った知里は、心痛を埋めるように、卯辰山の墓地に足しげく通っていた。最初は家族か店の者が付き添っていたが、仕事を遅らせるわけにはいかないし、子供一人で山に入ると言えば危険に聞こえるが、卯辰山の墓地までの道は整備されている。知里も通い慣れてきたため、最近は一人で行かせていたのだという。

しばらくの間は、何もなかったのだが……。

「つい先日、知里は夜になっても帰ってこなかったんだそうです」

「帰ってこなかったということは――あれか？　神隠しか天狗攫いか!?　……いや、待て。知里はここにいるじゃないか」

興奮して腰を浮かしかけた鏡太郎が、すぐに冷静な顔に戻る。念を押すように「君は知里だよな？」と鏡太郎が問うと、白い顔の男児は素直にうなずいた。

「はい。僕は、矢代知里です」

「だと思った。……瀧、結局どういうことなんだ？」

「知里は、行方知れずになった日の翌日、長町《ながまち》の水路の傍にぼんやり立っていたんだそうです。知っている人が見かけてお店に連れ帰ってくれたんですが、どうも、言うことがおかしいらしくて……」

「おかしいと言っても色々あるだろう」

「鏡太郎さん、前に言ってましたよね。天狗に攫われた人は性格が変わるとか、おかしなことを言い出すって……。斎木先生のことは知ってるでしょう？」

「……ああ」

顔をしかめた鏡太郎が短く応じる。

鏡太郎と義信の関与こそ知られていなかったが、斎木理損がクサビラ一味の一人を息子の代わりにしており、本物の息子は既に亡くなっていたという話は、既に大勢の知るところとなっていた。

クサビラ一味は一旦は警察に収監されたものの、全員が証拠不十分ということで放免された。理損も逮捕されなかったが、自責の念に駆られた理損が屋敷を引き払ってどこかへ流れていったことは、義信の耳にも入っている。

と、怪訝な顔をしていた鏡太郎が、そうか、と短くつぶやいた。

「つまり矢代家の方たちは知里を疑っているんですね。彼は天狗に化かされたのではないか、何かに憑かれているのではないか、あるいは何者かが入れ替わっているのではないか……と。だからお祓いのためにお寺に連れてきた。瀧と家族も揃っているのは、もし別人だったら許嫁を解消しなければいけないからですね？」

　背筋を伸ばした鏡太郎の問いかけが本堂に響く。眼鏡越しに見つめられた知里の父と祖母は、顔を伏せたまま小さくうなずき、知里は痛ましそうに胸を押さえた。ずっと黙っていた住職が白い眉を寄せて口を開く。

「拙僧はこの知里を幼い頃から知っておるが、拙僧が見る限り、何かに憑かれているようには見えぬのだ。この知里は本人だとしか思えぬ」

「だったら、何の問題もないのでは」

「しかし、だとするなら、知里の体験をどう理解していいのか分からんのだ」

　鏡太郎の言葉を住職が遮った。そうなんです、と瀧が後を受ける。

「私も知里は知里だって信じてます。でも、だったら、知里は何を見たのか分からなくて……それで、こういう時は鏡太郎さんだと思って呼んでもらったんです」

「買いかぶられたものだな。僕はそんな大したものでは……」

「何を言うんだい。鏡太郎ちゃんは、夜叉《やしゃ》ヶ《が》池《いけ》の白雪姫の一件だって、綺麗に解きほぐしちまったじゃないか」

　口を挟んだのは瀧の母親だ。不安そうな大人たちの表情、そして懇願するような瀧と知里の視線が向けられる中、鏡太郎は斜め後ろの義信と顔を見合わせ、一同に向き直って口を開いた。

「とりあえず、話を聞かせてくれ、知里。一体、山で何があったんだ」

家族にまで訝られ怪しまれているのがこたえているのだろう、知里はなかなか口を開こうとしなかった。見かねた瀧や知里の父は代わりに話そうとしたが、鏡太郎はそれを制し、知里が自分の言葉で語るのを待った。

「僕は真偽を判定するつもりはありません。純粋に、知里の話を聞きたいんです」

知里に向き合った鏡太郎が真摯な声を響かせる。その言葉がきっかけになったのか、知里は「分かりました」と小さな声を発し、おずおずと語り始めた。

「その日はよく晴れていて、雲一つない青空でした」と知里は言った。

山肌を吹き抜ける秋風は暖かで、赤蜻蛉《あかとんぼ》が気持ち良さそうに舞っていた。いつものように母の墓に手を合わせた知里は、何となく山を下りがたくなり、山道をふらふらと歩いているうちに、知らない場所に迷い込んでいたのだという。

はっきり覚えていないが、日当たりのいい坂を何度も上り、何度も下ったような気がする。やがて幾つ目かの坂を越え、日が沈み始めた頃、あたりが明るくなった。

そこには、秋だというのに躑躅《つつじ》が咲き誇っていた。夕焼けを色濃く煮詰めたような橙色の西日が紅色の躑躅を照らす様は、この世のものとは思えないほど美しく――と、そこまで語ったところで、知里の言葉は途切れてしまった。

「どうしたの？」と瀧が尋ねると、知里はうつむいたまま微かな声を漏らした。

「だって……この先を話すと、みんな、『お前はおかしくなったんだ』『そんなことがあるもんか』って……」

「鏡太郎さんはそんなこと言わないよ。それに、私も知里の話、また聞きたい」

「瀧さんも……？　本当ですか？」

「うん。だから、ね。続き、聞かせて」

知里の肩に手を置いた瀧が励ますように語りかけると、青白かった知里の頬がぽっと薄赤く染まった。優しい姉が気弱な弟を支えるような光景は、義信にはとても微笑ましく見えたが、年上の優しい女性を愛する少年の胸には相当深く突き刺さったようで、鏡太郎は感極まった声で呻いた。

「何という姉らしさ……！　惜しい……本当に惜しい……！　瀧が十歳、いや、せめて五歳でも年上だったなら……」

「本音が口から漏れてますよ、泉先生」

「そうです。全部聞こえてますからね？」

顔を赤らめた瀧がキッと鏡太郎を睨む。だが鏡太郎は悪びれる様子もなく、冷静に知里に話の続きを促した。

「大丈夫だ、知里。瀧の言うように、僕は知里を絶対に否定しない。あと、知っての通り、別に瀧を取るつもりもない」

堂々とした表明に瀧は無言で眉尻を吊り上げ、義信は改めて瀧に同情した。

「お瀧ちゃんも、本当に厄介な相手に惚れたものですね……」

「ほっといてください」

瀧が義信をぎろりと見据える。鏡太郎の嗜好や瀧の思いは、おのおのの親にとっても周知の事実であるようで、大人たちはただ溜息を吐くばかりだ。本堂には何とも気まずい空気が漂ったが、知里は短い沈黙を挟み、再び話し始めた。

「どこまで言ったっけ……。そうだ、躑躅の上に、五色に輝く虫がいたんです。緑で、紅色で、紫で、青で、白くって、とっても綺麗で……それで、その後を追っかけていったら、谷の奥に、すごく大きな建物があったんです。全体がどうなっているのか見通せないくらい広い、お堂のような場所でした。お堂には誰もいなくて……」

知里の語り口はゆっくりだったが、表現は明瞭で分かりやすい。賢い少年なのだなと義信は思った。お堂は静かでした、と知里は続ける。

「五色の虫は、いつの間にかどこかに行ってしまいました。あたりはどんどん暗くなって……隠れん坊の途中で友達が帰ってしまった時みたいに、僕は怖くなってきました。お堂に入りましたが、暗いのは一緒です。今にも泣きそうになって……ううん、ちょっと泣いていたかもしれません。そんな時に、その人が現れたんです」

「『その人』？」

「はい、鏡太郎さん。とても優しい声の、綺麗な大人の女の人です」

その女性は、いつの間にか知里の傍に立っていたのだという。

知らない顔なのに、その面立ちや雰囲気は妙に懐かしく、なぜか知里は大いに安心し、この人は信用して大丈夫だと確信した。

事実、女性は知里に優しかった。亡き母がしてくれたのと同じように、帯の結び目を叩く魔除けのまじないで知里を安心させ、柔らかい布団を敷いて添い寝してくれた。枕元の蠟燭の光に、女性の白い手や顔が浮かび上がる様は何とも言えず美しく、そして懐かしかった。さらに女性は、奇妙な形状の短刀を取り出し、「これは守り刀だから」と、知里の布団の上に置いた。

「これで、何が来てももう恐くはありません。安心してお休みなさい」

女性がそう言うのを聞くと、知里は寝入ってしまい、気が付けばあたりは明るい屋外だった。いつの間にか、知里は知らない老人に背負われていた。

優しげな老爺は、背の高い草の茂る山道を下り、霧の濃い川で知里を小舟に乗せてくれた。小舟は自然と岸を離れて――。

「僕は、町の中の運河のほとりに立っていたんです。この守り刀を持って」

そう言うと、知里は懐から鞘に納められた短刀を取り出した。

長さは五寸（約一五センチメートル）ほど、鞘は朱塗りで柄には革が巻かれている。

知里がそっと鞘を抜くと、現れたのは、ありふれた片刃ではなく、西洋の剣のような左右対称の両刃だった。日本ではあまり見ない形状だ。

「僕の話は、これで終わりです」

「ありがとう、知里。……どう思います？」

語り終えた知里を気遣い、瀧が鏡太郎たちに問いかけた。だが、鏡太郎は何を考えているのか、真剣な面持ちのまま口を開こうとしない。沈黙に耐えかね、義信は仕方なく「そうですね……」と声を発した。

「何と言うか、まるで夢か幻のような……。山の中にそんな建物があることからしておかしいですし、その女性とか老人も……。正直、話を聞いただけなら、夢だろうと片付けてしまいそうですが、守り刀は実在するわけですよね」

「狐や天狗は、そういうおかしなことをしよるもんじゃ。わしが昔聞いた話ではの、神隠しに遭った子供は、本性がもののけになっているかもしれんから、三日三晩縛っておかねばならんのだと……」

ぼそぼそと告げたのは知里の祖母である。実の祖母に疑いの目を向けられ、知里は

「そんな！」と悲痛な声をあげた。

「僕は僕です！　嘘も言っていません……！」

痛々しい涙声が本堂に響く。一同が無言で目を伏せる中、瀧は鏡太郎を見た。

「ねえ、鏡太郎さんはどう思うんですか？　どうして何も言ってくれないんです？　やっぱり、鏡太郎さんも知里を怪しんで……」

「そんなことはない」

「え？」

「僕は、知里を全面的に信じる。知里が出会ったその女性が、良き人――あるいは、良きものであったことも含めて、全て信じる」

全員の視線が集まる中、鏡太郎はきっぱりと言い切った。

さらに鏡太郎は、顔を上げた知里を見返し、身を乗り出して問いかけた。

「知里。君が訪れたというお堂には、お香のような香りが漂っていなかったか？」

「えっ」

「そして、そのお堂は、細長い回廊が建物と建物を繋いでいたんじゃないか？　回廊は床も壁も板張りで、窓が少ないのでとても暗い」

「そ、そうです！　お香みたいな香りも確かにしました！　とってもいい匂いで――あれ？　でも、僕、そのことまで話しましたっけ……？」

「いや、言っていない」

戸惑う知里が見つめる先で鏡太郎は首を横に振り「僕が知っていただけだ」と言い足した。「鏡太郎さん?」と瀧が驚き、義信たちが眉をひそめる。その場の全員が見つめる先で、鏡太郎は信じられないと言いたげに頭を振った。

「知里の話を聞いているうちに思い出しました。僕は幼い頃、おそらく……いえ、間違いなく、そのお堂を訪れ、その女性に会っています」

「ほ、ほんと? 私、鏡太郎さんとは結構付き合い長いけど、そんな話は一度も」

「当然だ、瀧。誰に話したこともない。何せ、夢だと思っていたんだから。……瀧や皆さんもご存じのように、僕は今の知里よりもまだ幼かった頃に母を亡くし、お墓のある卯辰山をよく訪れていました。そんなある時、僕は卯辰山で迷い――」

「あのお堂を見つけて、あの人に会った……? そうなんですか?」

「そうだ。知里の言う通りだ。知里を運んでくれたという老人にこそ出会っていないし、守り刀も受け取っていないが、そこを除けば僕の体験は君とほぼ同じだ。山で迷った僕は大きなお堂に辿り着き、不安になっていた僕を、あの人は優しく迎え入れてくれた。あの人はまるで母のように美しくたおやかで、白い肌の柔らかさと温もりを、僕は確かに覚えている。すっかり安心しきって甘える僕を、あの人は優しく寝かしつけてくれて――そして、気が付けば僕は麓の町にいた」

　そこまでを一息に言い切ると、鏡太郎はふうっと長く息を吐き、感極まった顔で「夢じゃなかったんだ……」とつぶやいた。

　予想外の展開に、義信は思わず瀧や知里と顔を見合わせ、大人たちが一様に困惑した顔になる。そんな一同を鏡太郎は見回し、勢い込んで口を開いた。

「重ねて申し上げます。知里は嘘を吐いていないし、中身が入れ替わったりもしていません。僕が何よりの証拠です。僕、泉鏡太郎はそこを訪れる前も、帰ってきた後も、一貫して同じ人間です。もし別物になっていたなら、とっくの昔に騒ぎになっているはずですから。そうだろう、瀧？」

「た、確かに……。でも、知里が本当のことを言っていたとして、そのお堂って、一体何なの？　お堂にいる女の人って何者……？」

　瀧が不安そうに問い返し、そうだそうだと大人たちがうなずく。一同の注目を集めた鏡太郎は、「分からない」と首を横に振り、よく通る声でこう続けた。

「だから、確かめてきます」

＊＊＊

「僕はもう一度件のお堂へ行き、知里の言葉に嘘がないことを確かめてきます。そこで何が起きたのか、あの女性は何者なのか、その全てを」

静かな本堂でそう宣言した翌日、鏡太郎は義信とともに、卯辰山に登るべく、浅野川沿いの茶屋街を歩いていた。

信仰と埋葬の地である卯辰山の麓には寺院群が広がっているが、その手前は金沢屈指の茶屋街である。歓楽街であるこの一帯は、夜には派手に賑わう反面、日中は静かで行き交う人も少ない。閉ざされた紅殻格子が並ぶ通りを歩きながら、義信は、自分がここに居ていいのだろうかと改めて思った。

正直、義信にとっては今回の一件に関わる理由はまるでない。だが瀧の両親は、義信を鏡太郎の相棒か助手だと思っているようで、「車屋さん、今回もよろしくお願いします」と頭を下げ、義信はつい「はあ」とうなずいてしまったのであった。

「ところで泉先生。今回の場合、もし本当の怪異だったとしたら、俺の受講料は安くなるんですかね？」

「それはそうですよ。知らせてくださったのは義さんじゃないですか」

即答する鏡太郎の足取りは軽く、色白の顔は興奮気味に上気している。夢だとばかり思っていた出来事は実際の体験で、思い出の女性と再会できるかもしれない、という期待で胸がぱんぱんに膨らんでいるようだ。

「その女性というのはどんな人だったんです？」

「『うつくしき人』としか言いようがないですね。名前も素性も何も聞いていませんから。なぜです？」

「いや、実は昨日の話を聞いていて、一つ思いついたことがありまして……。もしかしたらその女性は――」

「山の民ではないかと言いたいんでしょう」

鏡太郎がすかさず義信の言葉の先を奪った。そうです、とうなずく義信を鏡太郎が見上げて続ける。

「少なくとも、知里の失踪と帰還に山の民が関わっているのは間違いないでしょう。あの方たちは自分の話が広がるのを好まないようなので、昨日は言いませんでしたが、知里に守り刀を与え、町まで連れ戻したのはおそらく山の民です。山に住まう人々は、両刃の短刀を使うと読んだことがありますので」

「なるほど、さすが泉先生。しかし、だったら」

「あの人も山の民で、例のお堂はあの方たちの施設だったと？　僕はそれには懐疑的です。そうだとしたら辻褄が合わない。義さんもご存じの通り、山の民は夜の山でも自在に歩きます。里の子供が日暮れ時の山で迷っているのを見つけたら、朝を待たずに送り返すでしょう。だから、山の民が知里を見つけたのは明け方以降だと思います。それに何より、僕も知里も、あの女性を一目見ただけで『この人は信用できる』と確信しているんです。そんな人間がいますか？　知里は利発で理性的な少年ですし、僕は自分で言うのも何ですが他人を疑う性格ですよ」

「それは知ってますが……。だったらその『うつくしき人』は何者なんです？」

「分からないから確かめに行くんです。ただ、クサビラ一味の一件の時、山姫様が仰っていましたよね？　山の民が山と呼んでいるものの本質は、正体不明の力か、あるいは別の世界のようなものだ——と。僕は、あの『うつくしき人』が、そこに属するものではないかと思うのです。もしそうなら、素晴らしいと思いませんか？　深山に住まう謎のうつくしき人、迷い込んだ幼子を迎え入れる心優しき正体不明の麗人《たおやめ》は、山という不思議な世界の一側面で——」

　気持ちが盛り上がってきたのだろう、鏡太郎の声がどんどん大きくなり、静かな茶屋街に響き渡る。と、ふいに、偉ぶった声が二人の頭上から降ってきた。

「面白そうな話をしているな！」

　聞き覚えのあるその声に、義信たちは思わず足を止め、声の方向を見上げた。すぐ近くの建物の二階の窓から、洋装の若者が鏡太郎たちを見下ろしている。目が合った瞬間、鏡太郎は露骨に顔をしかめた。

「誰かと思ったら……。畏れ多くも河童を撃とうとした、何とか言う罰当たりで軽薄な人ではありませんか」

「笛吹幸篤だ！　二度と忘れるな、泉鏡太郎！」

窓から身を乗り出した笛吹が鏡太郎を指差して怒る。芸妓を揚げて一晩を明かしていたようだ。嘆息する義信の傍らで、鏡太郎が腕を組んで笛吹を見上げる。

「まだ金沢にいたんですか？」

「馬鹿を言え。昨日まで輪島《わじま》に伝説の大貉を撃ちに行っていたのだ。仕留められたのは猪か熊ばかりだったがな。それよりお前たち、面白そうな話をしていたな？　深山に住まう謎の美女とか何とか」

「……どこから聞いていました？」

「どこから？　いや、そこしか聞こえなかったが」

問いかけられた笛吹が首を傾げる。幸い、山の民云々の部分は聞かれていなかったようで、鏡太郎は胸を撫で下ろしたが、笛吹はさらに言葉を重ねた。

「山奥にそんな女がいるはずがない。いるとしたらそれは山姥か山女か獣の変化か、いずれにしてもものけに決まっている。ならば僕の獲物に相応しい！　お前らは今からそれを探しに行くのだな？　丸腰二人では不安だろう。同行してやる！」

「はあ？」

笛吹の抜け抜けとした申し出に、鏡太郎の呆れかえった声が応じる。怪異を心底敬愛する少年は、最大限の侮蔑の気持ちを表情と仕草で示し、笛吹を睨み返した。

「僕らが捜そうとしているのは女性です。いいですか、女性というのは人ですよ。あなた、人を撃つ気ですか？」

「もののけは撃っても罪にはならん！　それに、僕の腕も銃も、撃ち応えのある獲物を求めてうずうずしているんだ」

「ご自分の頭でも撃てばよろしいのに」

「聞こえたぞ！　ともかく支度してそっちに行くからな！　そこで待っていろ！」

そう言うと、笛吹は早々に部屋の中に引っ込んでしまった。取り残された二人は、どちらからともなく顔を見合わせた。

「どうします、泉先生」

「笛吹さんがどうなろうと知ったことではないですが、放っておくと一人で撃ちに行きかねませんしね……。あの女性に危険が迫る可能性は少しでも減らしたいですし、ひとまず同行を許すしかないのでは」

心底嫌そうな口ぶりで鏡太郎が言う。ですね、と義信は力なくうなずき、二人は揃って大きな溜息を落とした。

＊＊＊

「どんな深い山に分け入るのかと思ったら、まさか茶屋街の目の前の山とはな。子供の山登りじゃないんだぞ？　こんな山に何が出ると言うんだ、アホらしい」

木立に囲まれた山道に、笛吹の不満げな声が延々と響く。

笛吹は先日の河童退治の時と同じく鳥打帽を被り、長い愛銃を背負っていた。弾薬や水や食料の入ったトランクを持たされた義信は、相手をするのも面倒なので適当に聞き流していたが、先を歩く鏡太郎はムッとした顔で振り返った。

「こんな山とは何ですか。この卯辰山は医王山や笈ヶ岳、さらには白山にまで連なる、偉大な霊峰の一部ですよ。大体、あなたは卯辰山の何を知っているんです？」

「馬鹿にするなよ。幕末に加賀藩が兵器工場を造ったのがこの山だろう？　薩長との決戦に備えるためだが、結局ここで造られた銃は使われることはなかったのだ。そうそう、加賀藩の過激派は、城が官軍の手に落ちた時のために、城域を一掃するための巨大な大砲を建造したという噂もあったたな」

「へえ。そんな噂があるんですか」

「何だ。車屋は知らないのか？　まあ、さすがに眉唾物だと思うが、本当にあるなら是非見てみたいな。おい鏡太郎、お前、詳しいことを知らないか」

「その噂は存じていますが、深掘りしたことはないのでお話しできることはありません。僕はあなたと違ってそういう野卑で野蛮で低俗で下賤《げせん》な話に興味はないのです」

笛吹の問いかけを鏡太郎があっさり受け流す。

だろうな、と義信は思った。一般的に、男子という生き物は勇ましいものを好みがちだが、この少年は怪異と年上の女性への思いで手一杯なのか、武勇やら軍隊やら火器やら、そういうものへの関心が著しく低い。

「つまらん奴め」と笛吹は呆れ、静かな山道を見回した。まだ市街地からそれほど離れていないため、振り返ると浅野川沿いの町並みが見下ろせる。

「霊峰だとか言うが町に近いことは確かじゃないか。それに、さっき聞いた話だと、そのお堂は子供の足で到達できる範囲にあるわけだろう？　いくら何でも」

「近すぎるから信じられない、と？　全く、見下げ果てた見識の狭さですね……。古来、魔境というものは、里の近くにこそ存在するものなのですよ。到底人の辿り着けない奥山や海の果てに何かあったところで、誰がそれに気付きます？　うっかり迷い込んでしまう可能性があるからこそ、魔境は魔境たり得るんです。有名なところで言うと、たとえば関東の八幡《やわた》ですね」

「ああ。『八幡の藪知らず』ですか」

義信の相槌に、鏡太郎は「それです」と首肯した。同時に笛吹が眉をひそめる。

「何だそれは。僕は知らないぞ」

「ええ!?　あの有名な八幡の藪知らずをご存じないんですか!?　可哀想に……」

「憐れむな。冷ややかな目で見るな！　いいからさっさと説明しろ！」

「偉そうに……。『八幡の藪知らず』というのはですね、千葉にある小さな藪の名称です。田畑や人家に囲まれた、せいぜい田んぼ一枚ほどの広さの藪ですが、ここに入ったものは二度と戻ってこないと言われています。故に地元では『八幡村に生まれてこの藪を知らず』と語られていて、それが縮まって地名になったとか」

「馬鹿馬鹿しい。そんな藪があるものか。どうせまたお前が作った話だろう」

「と仰っていますが、どうです義さん？」

「うーん……。俺は江戸の生まれですが、『八幡の藪知らず』の名前は、講談やら絵草子やらでよく見聞きしましたよ。二度と戻ってこないというのは誇張されすぎているにせよ、藪に入った人が何人も亡くなったとは聞きました」

　頬を掻きながら義信が言うと、笛吹は悔しそうに歯噛みし、少し怯えた顔になった。怖くなってきたようだ。

「……で？　その藪には何があるんだ？　なぜ入った者は死ぬんだ？」

「無縁仏が引っ張るとか魔物の屋敷に通じているとか言われていますけれど、これといった定説はないですね。まあ、最近は無粋な解説もありますが……」

　そう言って軽く眉根を寄せた後、鏡太郎は顔を上げて空を見た。

「ともかく、道沿いの藪でもそんな風なのですから、人里の近くの山に魔境が存在し、人ならぬものが棲んでいても不思議ではありません。実際、この金沢は山に囲まれた町ですが、城下を見下ろすあらゆる山々に、何かしらの怪異が伝わっています」

「あらゆる……？　また大きく出たな。本当か？」

「ええ。たとえばあちらの高尾山には、高尾《たこ》の坊主火」

歩く速度を落とさないまま、鏡太郎は南東を指差した。釣られて笛吹と義信もそちらに目をやったが、木立が立ち塞がっているので何も見えない。「タコというのは海のあれか」と笛吹が問うと、鏡太郎は首を横に振った。

「ではなく、『高尾』と書いて『たこ』と読むのです。かの高尾山は、一向一揆《いっこういっき》の百姓衆に攻め滅ぼされた富樫政親《とがしまさちか》の居城・高尾城があった場所ですが、この政親公の怨念が炎と化したものが高尾の坊主火だと言われています。山上に火の玉がひゅるひゅると上がるというもので、幕末頃まで見られたと記録にあります。なお、一向一揆の指導者たちの霊魂もまた、犀川の河原で火の玉になって出たそうで、こっちも高尾の坊主火と呼ばれていますね。その隣の倉ケ嶽には……」

流暢な語り口で、鏡太郎は金沢を囲む山々の怪異を列挙していった。

倉ケ嶽の山上の大池の底にいたという白髪の老翁。医王山の大蛇と化してしまった娘。黒壁山の神隠しや大天狗・九万坊。その他、狐や貉の変化、正体不明の怪しい声、空から降ってくる石、山に入ってはいけない日、祝い事の際に足りない食器を貸してくれる不思議な洞窟……。

　鏡太郎が語った怪異譚の中には、義信の知っている話もあったが、そうでないものの方が圧倒的に多い。義信は鏡太郎の知識に改めて感服した。

　一方、笛吹は、最初は馬鹿にしていたが、鏡太郎の話がいつになっても終わらないので気味が悪くなってきたようで、顔を青くして黙り込んでいる。

　二人が見つめる先で、小柄な少年は近郷の山の怪異を語り続け、やがて道が少しなだらかになってきた頃、「そして」と満を持した顔であたりを見回した。

「当然ながらこの卯辰山も怪談奇談の宝庫です。義さんには以前にもお話ししましたが、天狗や神隠しの話は幾つも伝わっていますし、遠くのものが近くに見える『縮地の怪』という現象が起こった記録もあります。もっともこれは、元禄十二年（一六九九年）の山崩れ以来見られなくなってしまったそうですが……。あと、卯辰山と言えば何といっても竜ですね。何せここは卯『辰』山ですし、別名を『臥竜山』と言うくらいです」

「竜ですか……。山の竜神というのはどうも、いい思い出がないですね」

　竜神が雨と引き換えに巫女の命を奪うと語られていた夜叉ヶ池事件と、その顚末を思い出し、義信が苦い声を漏らす。「同感です」と鏡太郎がうなずく。

「あれはすっきりしない結末でしたからね……。ですが、ああいうのは例外ですよ。

ほとんどの竜は気ままで自由で堂々としていて、人の命なんてくだらないものを欲しがったりはしません。もっとも、人と関わる話が多いところを見ると、竜は案外、ちっぽけな人間を気にかけてくれているのかもしれませんけどね」

「泉先生らしい考え方ですね。卯辰山の竜は生贄を求めないんですか?」

「ええ。宝暦元年（一七五一年）、つまり今から二百年以上前のある朝、山の麓にあった寺の破風《はふ》から小さな竜が飛び出して山に入ったという、それだけの話です」

「なぜ山に入るんだ？　竜というのは天に昇るものだろうが」

二人の思い出話に置いて行かれたのが不満なのだろう、顔をしかめた笛吹が口を挟んだ。それはそうなんですけどね、と鏡太郎が相槌を打つ。

「詳しいことは僕も知らないのですよ。竜が飛び出したというお寺は、廃仏毀釈《はいぶつきしゃく》のおかげで、僕が生まれる前に焼かれて廃寺になってしまったので……。ただ、推察はできますよ。笛吹さんは『蛇抜《じゃぬ》け』という言葉をご存じですか？」

「じゃぬけ？」

「ああ、その顔はご存じないようですね。大蛇や龍は生まれてすぐ昇天するのではなく、地中で数百年を過ごしてから風雨を呼んで天に昇ると言われており、この時に起きる山崩れのことを『蛇抜け』とか『蛇崩《じゃくずれ》』などと呼ぶのです」

「それは山が崩れた跡が竜か何かが抜けたように見えただけじゃないのか？　どうせ

証拠なんか残っていないいんだろう」

「文政三年（一八二〇年）の駿河《するが》の暴風雨の後の山崩れでは、山上の大岩が落ちてきて、穴から出てきたばかりの大蛇を殺したそうですよ。その背骨は臼ほどもあり、これは今でも現地で踏み台に使われています」

しれっとした顔で鏡太郎が反論し、「減らず口を」と笛吹が眉尻を吊り上げる。

やはりこの二人はどうにも馬が合わないようだ。いがみ合いを再開した二人を前に、義信はやれやれと溜息を落とし、改めて鏡太郎の背中を見つめて首を傾げた。

山に入る前からずっと、鏡太郎が迷いなく歩いていることに気付いたのだ。「こっちです」と細い道へ折れる鏡太郎に、義信は後ろから問いかけた。

「今さらですが、泉先生、どこに向かっているんです？　件のお堂の場所をご存じなんですか？」

「まさか。いくら僕がこの山に来慣れていても、さすがにそんなことはないですよ。知っていたならとっくに再訪しています」

「何!?　お前、もしかして適当に歩いているんじゃあるまいな？」

「違いますよ。僕はただ推測しただけです。知里の話は、笛吹さんにもお伝えしたでしょう？　日当たりのいい坂を何度も上ったり下りたりしたということは、山の稜線に近い場所を歩いたということです。また、彼はお堂に辿り着く前に、躑躅が咲き乱れる光景を見ています。あれはおそらく狂い咲きの山躑躅。一斉に咲く時季ではないからこそ、大きな手掛かりになり得ます。さらに知里は躑躅が西日を受けていたとも言っていますから、山頂近くで西に向かって開けた山躑躅の群生地に行けばいいわけです。それならいくつか心当たりがあります」

道の左右から大きく張り出す枝をくぐりながら、鏡太郎がつらつらと語る。後に続く大柄な二人は揃って「なるほど」と納得し、先を行く小さな背中を追った。


細い獣道を抜け、山の稜線に沿った坂を何度も上り下りした後、三人は山躑躅の群生地へと辿り着いた。

西に面した岩肌の麓に生い茂った山躑躅が、季節外れの赤い花を咲かせている。

まだ日は高いので西日を浴びてはいないものの、抜けるような秋空の下に紅色の花が咲き乱れる様は一幅の絵のように美しい。義信は思わず見入ったが、笛吹は不満そうな声をあげた。

「躑躅は咲いているが、行き止まりじゃないか。お堂とやらはどこにある？」

「せっかちな人ですね。いいですか？　知里は五色の虫に導かれたのですよ。あれは十中八九、斑猫《はんみよう》です」

「ハンミョウ……？」

「光沢のある羽根を持つ甲虫です。この斑猫の別名は『道教え』。まるで道を教えるように、少し飛んでは歩き、少し飛んでは歩き……という動作を繰り返す習性からついた異名です。斑猫は地面を這うことを好む虫なんですね」

「何が言いたい」

「まだ分からないんですか？　本当に手のかかる人だ」

笛吹をぞんざいにあしらいながら、鏡太郎は地面に手をついて這いつくばり、躑躅の藪の根元を覗いた。そのまま横に移動しながら鏡太郎が続ける。

「斑猫に目を奪われた知里は、地面の低いところを見ていたはずです。彼は子供ですから目線は元々かなり低い。つまり、その視点でのみ見える場所に——あった！」

ふいに鏡太郎が大きな声をあげた。義信と笛吹が慌ててしゃがみこみ、鏡太郎の視線の先を覗き込むと、躑躅の茂みの向こうの岩肌に、ぽっかりと穴が開いているのが見えた。

穴の直径は二尺（約六〇センチメートル）ほどで、岸壁の下を通り抜けるように穿たれている。穴の向こうは見えないが、かすかに風が吹いているので、どこかに通じてはいるようだ。周囲が踏み分けられているのは知里が通ったためだろう。

驚く義信と笛吹の隣で、鏡太郎は、目の前の光景が夢でないと確かめるように眼鏡を一旦外して袖口で拭い、それを掛けた上で、迷うことなく前進した。

鏡太郎に比べて体の大きな義信や笛吹は穴に入るのに多少難儀したが、幸い、狭いのは入り口のみで、穴の内側は大人が屈めば通れるほどの広さはあった。入り口周辺だけが土で埋まってしまっていたらしい。

岩を穿って作られた穴は明らかに人工の隧道《ずいどう》で、そこを抜けた先には、四方を山に囲まれた、まるで箱庭のような静謐な空間が広がっていた。

どの方角を見上げても壁のように峰々がそびえ、長い影を投げ落としている。あたりには大きな岩が幾つもゴロゴロと転がり、人はおろか獣の気配もない。地盤が固いためか、背の高い草木は見当たらず、地面の大半は薄い苔に覆われている。どうやらここは、卯辰山から奥の山々へと通じる山上にある、小さな盆地のようだった。

そして、盆地の中央部、周囲より一際低くなっているところに、堂々たる大伽藍が静かにそびえ立っていた。

「……お堂だ」

足を止めた鏡太郎が、目を見張ってぽつりとつぶやく。

「同じだ。あの時と同じだ……。やっぱり、夢じゃなかった……！」

感極まった鏡太郎の声が徐々に大きくなっていく。その声は四方の山肌に跳ね返って、二重三重に反響した。

「まさか、本当にこんな場所があるとはな」

笛吹もさすがにこれには驚いたようで、銃を手にしたまま四方八方を見回している。怯えているのだろう、その顔はうっすらと青白い。気持ちは分かる、と義信は思い、静かに佇む「お堂」を再度見た。

黒々とした門は大寺院の山門を思わせる雄大さで、門の奥には、回廊で繋がれた建物が幾つも建ち並んでいる。その周囲には、苔むした石鉢や澄んだ水が流れる小川も見えた。苔に覆われた大地と相まって、いかにも山中の古刹《こさつ》を思わせる光景だ。

これを子供の語彙で表現すると「お堂」になるのは理解できる。できるが、しかし……と義信は訝しんだ。

「泉先生、これは本当にお堂ですか？　上手く言えないのですが、俺の知っている寺とは、明らかに何かが違うような……。まるで大きな宿屋のようにも見えますし」

「分かりますよ。お堂のような祭祀施設は、信仰対象を祀る建物を敷地の中心に据えるのが普通ですが、ここには本堂も本殿も見当たりません。まるで、山そのものに対し、身を投げ出して敬意を表しているようです」

そこで一旦言葉を区切り、鏡太郎はあたりを見回した。

「それにしてもよく声が響く場所ですね」

「全くだ。うるさくて仕方ない。――おおーい！」

ふいに笛吹が口元に手を添えて大きく叫んだ。それに応えるものはなかったが、笛吹の大声は、四方八方から賑やかに跳ね返ってきた。

「これは凄いな！　谺《こだま》の数が二つ三つどころではないぞ」

「五つ……いや、九つは聞こえましたね。この谷は『九つ谺』とでも呼ぶことにしましょうか」

「名前なんかどうでもいい。それより山女はどこにいるんだ？」

銃を構えた笛吹がぶっきらぼうに問いかける。さらに笛吹が「僕はそれを撃ちに来たんだぞ」と言い足すと、鏡太郎は心から不快そうに顔をしかめた。

「まだそんなことを言っているのですか？　絶対に撃たせませんからね」

「お前に僕を止める術はないだろう。何なら、身を挺して庇ってみるか？」

「それは最後の手段です。そんな手を使わずとも、あなたを妨害する方法くらい幾らでも思いつきますよ」

「……な、何だと？　たとえば」

「教えてあげません。さあ、行きましょう義さん」

笛吹から目を逸らした鏡太郎が義信に声を掛けて歩き出し、不安そうな顔になった笛吹が慌てて続く。一行が門をくぐって堂の敷地に入ると、心地よい香りが鼻に届いた。注意しないと気付けない程の微かな香りだったが、山の空気とは明らかに違う。

その独特な香りに、鏡太郎は、あ、と唸った。

「この優しくかぐわしい香りも、あの時と同じです！　しかしこれは――」

鏡太郎の言葉がふいに途切れた。笛吹が鼻をひくひくと動かしながら後に続く。

「確かに、悪くない匂いだな。女の付ける白粉か、はたまた匂い袋か練り香か……。しかし、これは何の匂いだ？　やはり人を誑かすもののけか？」

「本当に短絡的な人ですね……」

聞こえよがしに溜息を漏らした後、鏡太郎は一番手前にあった建物の分厚い板戸に「ごめんください！」と呼びかけた。だが、その声は四方に反響するばかりで、誰かが応じる気配はない。

やがて谺が止むと、鏡太郎は板戸に手を掛けて引き開けた。

ひときわ強い香りがふわっと広がり、戸口から投げかけられた陽光が、黒く磨かれた床柱や床板、煤けた行灯や退色しきった掛け軸などを照らし出す。

静まりかえった室内の光景は、まるでついさっきまで誰かがいたようにも、何十年も放置されていたようにも見え、義信は落ち着かない気持ちになった。

＊＊＊

その後、三人は揃って堂の中を探索したが、「うつくしき人」どころか、人がいた痕跡を発見することもできなかった。

やがて日が落ちたので、一行は囲炉裏《いろり》の切られた部屋に集まり、火を焚いて簡単な食事を摂った。囲炉裏端に胡坐をかいた笛吹が「つまらん！」と吐き捨てる。

「夜になっても人っ子一人出てこないじゃないか。どういうことだ車屋」

「俺に当たらないでくださいよ……」

義信は肩を落としてぼやき、笛吹の向かい側に座った小さな影をちらりと見た。この「お堂」を見つけた時はあんなに色めき立っていた鏡太郎は、門をくぐったあたりから口数を減らしていた。面持ちも神妙で、何かを考え込んでいるように見える。

こういう時の鏡太郎は何かに気付きかけていることが多い。そのことを義信は知っていたが、鏡太郎は推測が確信に変わるまでそれを言おうとしないこともよく知っているので、何も聞いていなかった。

鏡太郎が黙ったままなので、義信は仕方なく笛吹に向き直って会話を続けた。

「まあ、俺としては、このお堂を見つけただけでも充分な収穫だと思いますがね……。それに、おっかないものが出るよりは何も出ない方がいいじゃないですか」

「馬鹿を言うな。僕は化物退治に来たんだぞ？　この銃さえあれば何だって」

「笛吹さんはすぐそれを言われますよね」

ふいに鏡太郎が口を挟んだ。銃の自慢を邪魔された笛吹が、久々に言葉を発した少年をじろりと睨む。

「何だ、急に」

「銃で倒せないものもあると申し上げたかっただけです。たとえば――怨念」

「怨念……？」

「ええ。先日河童探しでご一緒した時、笛吹さんは北海道での狼狩りのことを話してくださいましたよね？　僕はあの後、かの土地の狼の祟りのことを調べたのですが……アイヌの伝承によると、北の大地の狼は、それはもう祟るのだそうです」

顔を軽く伏せたまま、鏡太郎が目だけを笛吹に向けて言葉を重ねる。

その淡々とした語り口は、色白の顔が揺らめく炎に照らし出される様や、山中の謎のお堂という場所と相まって、この世ならぬ凄みを感じさせた。気圧されてしまったのだろう、笛吹は一瞬だけ口ごもり、すぐに「馬鹿馬鹿しい！」と大声をあげた。

「また僕を脅すつもりか？　狼を殺したから祟られるぞー、と？」

「脅しではなく忠告です。本土の狼が神であるのと同じく、北海道の狼もまた神です。それを殺して何もないわけがない。……たとえば、こんな話があります。かつてアイヌに、腕は優れているが、大変に身勝手な狩人がいたそうです。狩人は自分の腕を誇るため、何十、何百という狼を殺しました。子持ちの母狼も、生まれたばかりの子供も、片っ端から容赦なく……。周りの者は、そんなことを続けていると狼の祟りがあると恐れ、何度もたしなめましたが、狩人は耳を貸さず――」

抑揚のない口調で鏡太郎は語りを続けた。

しばらくは何もなかったが、ある時、狩人に異変が起こったのだ、と鏡太郎は言った。釣り込まれるように笛吹が問う。

「異変とは何だ」

「突然、見知った相手に気付いてもらえなくなったのです。馴染みの毛皮商人や酒屋にも、家に帰っても、お前は誰だと言われてしまう。周囲の人たちには、狩人が知らない誰かに見えていたのです。驚いた狩人が、必死に自分は自分だと繰り返すと、ようやく分かってもらえたそうですが」

「何だ、その話は。拍子抜けだな」

「続きがあるのですよ。一旦は理解を得られたものの、今度は、狩人に関わる全ての人間が、彼を怪しみ始めたのです。お前は本当にお前なのか、何か悪いものが憑いているんじゃないのか、と。神隠しに遭った子供と同じような扱いですが、彼の場合はもっと酷かった。家に帰ると妻や両親が自分を縛り上げようとしてきますし、息子をあやそうとすると大泣きされる。道を歩けば指を差され、幼馴染の朋輩には怯えられ、石を投げられる……。これは怖いですよ。何せ、狩人本人は、自分が自分であることをよく知っているのです。なのに誰もそれを信じてくれない。誰もですよ」

「……それで、どうなる」

「狩人は錯乱して妻を切り殺し、罪人として処刑されたそうです」

鏡太郎は痛ましそうに目を閉じ、恐ろしいことです、と言いたげに頭を振った。

囲炉裏の周囲がしんと静かになり、義信の背筋がぞくりと震えた。

アイヌにも祟りを祓う技能を持った宗教者はいるのだろうが、誰にも信じてもらえないのだから、依頼を受けてもらうこともできない。狩人はただ孤立し、絶望するしかなかったのだろう。怖い話だ、と義信は思ったが、狼退治の当事者である笛吹の感じた恐怖は義信の比ではなかったようで、その顔は真っ青になっていた。

「い――いい加減にしろ！」

突然、笛吹の怒鳴り声が囲炉裏端に響き渡った。悲鳴にも似た大声とともに立ち上がった笛吹は、銃をぎゅっと握り締め、鏡太郎を睨み付けた。

「何が祟りだ！　僕を脅かそうと思ってもそうはいかんぞ！　そんな迷信、誰が信じるものか！」

「僕はただ、読んだ話をお伝えしているだけですよ。まだ他にもありますが」

「うるさい！　止めろ！　もう沢山だ！　僕は別の部屋で寝る！」

そう言うなり、笛吹は震える手で燭台に火を付けて出て行ってしまった。

開けっ放しの戸口から、回廊を走り去っていく足音が響く。遠ざかっていく音を聞き、義信は戸惑った顔を鏡太郎へと向けた。

「どうしたものですかね……」

「放っておいてもいいのではないですか？　このお堂の内側はどこも荒らされていませんでしたから、大きな獣が入ってくることはないのでしょう。それに、何かが来ても、あの人にはご自慢の銃があります」

「いや、それはそうかもしれませんが、ここは普通の場所ではないわけで……」

「大丈夫だと思いますよ。迷い込んだ人間を餌食にするようなものが巣食っているならば、僕も知里も無事に家に帰れていません」

けろりと告げる鏡太郎である。義信は不安な気持ちを拭いきれなかったが、鏡太郎は全く心配していないようで、ふわあ、と大きなあくびを漏らし、「では、僕たちもそろそろ寝るとしましょうか」と義信に声を掛けた。

＊＊＊

囲炉裏端で体を丸めて寝ていた義信が目を覚ますと、窓からは朝日が差し込んでいた。寝る前に閉めたはずの戸は開いていていて、囲炉裏の火は消えており、鏡太郎の姿はどこにもない。そのことに気付いた義信は、慌てて跳ね起き、声をあげた。

「泉先生!?」

「安心してください。僕はここです」

部屋の外から落ち着いた声が義信に呼びかける。どうやら鏡太郎は先に起きて外に出ていただけのようだ。

安堵した義信が外に出ると、鏡太郎は建物のぐるりに巡らされた縁側に腰掛け、空を眺めていた。朝日に照らされる頬は薄赤く上気しており、口元には微笑が浮かんでいる。よほど嬉しいことがあったらしい。「何があったんですか」と義信は尋ねようとしたが、それより早く鏡太郎が口を開いた。

「昨夜、あの人が来ました」

「あの人……？　まさか例の女性――『うつくしき人』ですか？」

「そうです。あれは何時頃だったか……。白粉のような香りにふと目を覚ますと、目の前にあの人の顔があったんです。その容貌は昔と同じように優しげで、記憶よりもはるかに美しかった……。僕の言葉では、語り尽くせない程に」

そう言うと、鏡太郎は、ほうっ、と大きな息を吐いた。

「お会いできたら素性を尋ねるつもりだったのですが、あの笑顔を見ていると、僕は、何だか、全てがどうでも良い気持ちになってしまいました。いつの間にか部屋には布団が敷かれていて、あの人はそこに僕と一緒に入ったのです。幼子を寝かしつける母のように……。もっとも、あの人は先に寝入ってしまい、その顔を、僕はずっと、枕元の行灯の灯が消えるまで見つめていました。睫が数えられるほど近くで見ても、白い肌は雛人形のようにつるりと柔らかく、温かい霞がかかったようで……。ふっくらとした唇を僕は思わず撫でそうになり、慌ててその手を止めました」

朝日の差す縁側に腰掛けた鏡太郎は、膝の上で両の拳を握ったまま、口早に言葉を重ねていく。その熱っぽい語りは、まるで目の前の出来事をそのまま語っているかのように詳細かつ具体的で、実に真に迫ったものだ。

だが、義信はその話を信じることはできなかった。

そんなはずはない、と義信の胸中に声が響く。

義信が何も言えないでいると、一通りを語り終えた鏡太郎は、昨夜の出来事を胸に焼き付けるかのように目を閉じて数秒間沈黙し、その後、いつものように平静な顔に戻って尋ねた。

「ところで義さん、笛吹さんには会われましたか？」

「いや、まだですが。泉先生は？」

「僕もです。そろそろ探しに行くつもりでした」

そう言って鏡太郎がひょいと立ち上がる。義信は言葉に迷った後、「俺も行きます」とだけ言って後に続いた。

＊＊＊

笛吹は、門の近くにある、最初に鏡太郎たちが覗いた建物で一夜を明かしたようだった。鏡太郎に続いて室内を覗き込んだ義信は、思わず大きく眉をひそめた。

笛吹はなぜか真っ青で、部屋の隅に縮こまってガタガタと震えていたのだ。

「どうしたんです笛吹さん？　風邪でも引いたんですか？」

「ひっ！　誰だ!?」

「誰だって、俺ですよ。車屋の武良越義信で、こっちは泉鏡太郎先生です。まさか、俺たちが分からないんですか……？」

「え？　な、何だ、お前らか……いや、待った！　来るな！　どうせお前たちも狼の手下だろう！　僕を捕まえに来たんだろうが！　僕は悪くない！」

壁に張り付いた笛吹が義信を見上げて絶叫する。怯えきった目を向けられた義信は困惑して立ち止まり、傍らの鏡太郎と顔を見合わせた。

どうも言っていることが支離滅裂《しりめつれつ》だ。首を傾げる義信に代わり、鏡太郎は屈みこんでゆっくりと笛吹に近づき、落ち着いた声で語りかけた。

「気を確かに持ってください、笛吹さん。あなたを捕まえようとする人はいませんし、あなたは何もしていません。あなたはおそらく、悪い夢を見ただけです」

「ゆ……夢……？」

「そうです。寝ている間に見る、あの夢です。あなたは昨夜、僕たちのいる部屋を出て、ここで一人で一夜過ごしただけですよ。覚えていませんか？」

「え？　あ、そ、そうか……。だ、だったら僕は、父上を殺《あや》めてはいないのか……？　母上も？」

　床に座り込んだまま、笛吹がおずおずと問いかける。どうやら笛吹は、家族を手にかける夢を見てしまったようだった。

　その後、鏡太郎と義信は笛吹を明るい縁側に座らせ、湯を飲ませて落ち着かせた上で夢の話を聞いた。

　笛吹が言うには、久しぶりに生家に戻ったところ、いつもなら歓待してくれる家族や奉公人たちが、笛吹を笛吹だと認識してくれなかったのだという。

　必死に訴え、ようやく気付いてもらえたものの、今度は「あいつには何かが取り憑いている」という噂が広がり、あらゆる友人知人が笛吹を危険視するようになった。その状況に耐えかねた笛吹は疲弊し、衰弱し、言い争いの末、敬愛していた両親を切り殺してしまったのだという。

「の、喉に押し当てた短刀をぐっと引くと、血がばっと飛び散って、白いシャツが真っ赤になったんだ。血は全然止まらなくて……」

震える声で語られる内容は、微に入り細を穿ったように詳細だった。相当に現実味が強い夢だったようで、そんな夢を見てしまったなら怯える気持ちもよく分かる。義信は笛吹に深く共感し、同時に、大きな疑問を覚えた。

「……泉先生、今聞いた夢の内容って」

「ええ。僕が昨夜お伝えした、アイヌの狼の祟りの話のままですね。笛吹さんは信じないと仰っていましたが、その実、強い印象が残っていたんでしょう。夢に見てしまう程に。……ありがとうございます、笛吹さん」

「あ、『ありがとう』？　なぜお前が僕に礼を……？」

「確認できたからですよ。怖い夢を見させてしまったことは謝りますが、おかげで確信が持てました。このお堂と、あの人の正体について」

「え？　泉先生、それは――」

「そうです、義さん。あの女性――うつくしき人は、この世のどこにも実在しません。全ては僕の見た夢にすぎない」

苔むした庭に立った鏡太郎がよく通る声で言い放った。

まるで自分自身を戒めるように放たれた凛とした声は、無人の古堂を囲む山々に跳ね返って反響していく。呀の残響を聞きながら、鏡太郎は、縁側に座った笛吹と、その傍らに立つ義信へと向き直った。

「昨日、道中で『八幡の藪知らず』の話をしましたよね。あの時は言いませんでしたが、先日読んだ『不思議議辨妄』という本に、そのことが書かれていました」

「『不思議辨妄』？　その題は、どこかで見たような」

「瀧に呼ばれてお寺に行った時、僕が貸本屋に返すつもりで持っていた本です。新井《あらい》周吉《しゅうきち》なる学者が著したもので、怪異の正体を理屈で説明して解体するという、最近多い趣向の怪談本です。正直、好みではないのですが、この頃は怪異を扱った新刊はああいうものしか出ないので仕方なく読みました。実に悔しい」

「お前の感想はどうでもいい！　と言うか『八幡の藪知らず』が何なんだ？　このお堂とどう関係があるんだ？」

「順に話しますから落ち着いてください、笛吹さん。その本によれば、『八幡の藪知らず』には有毒のガスが鬱積しているのであろう、とのことでした。地中から湧き出す無色透明のガスが人体に作用し、窒息させたり気を失わせたりするわけです。……ここのお堂も、おそらくそれと同じです」

「ガス？　では、このお香のような匂いが……？」

「義さんの言う通りです。この気体は命を奪ったりはしないようですが、夢に作用するんです。これの充満した空間で寝ると、心の中に抱えた強い思い……願望や恐れなどが反映された夢を見てしまうんですよ。夢とは思えないほど、迫真の夢を」

「迫真の……夢……？」

ぽかんとした顔の笛吹が鏡太郎の言葉を繰り返す。理解しきるのに少し時間が必要だったのか、笛吹はしばし沈黙し、はっとなって鏡太郎に問いかけた。

「なら——あれは、全部、ただの夢なんだな？　狼の祟りではないんだな!?」

「それは断言できます。なぜなら、北海道の狼はそんな風には祟りませんから」

「……何だと？」

「実を言うとですね。昨夜お伝えした狼の祟りの話は、全部、僕がでっち上げたものなんです。参考にした伝説や昔話こそありますが、あんな話はどこにも伝わっていません。なので、もし狼が祟るのだとしても、あんなことは絶対に起きませんので、そこはご安心ください」

「な、何？　お前、一体どうしてそんな——」

「『八幡の藪知らず』の正体についての推察を読んだばかりでしたからね。この香りを嗅いだ時、もしかして、と思ったんです」

鏡太郎の声が笛吹の問いかけをすかさず遮る。鏡太郎は、珍しく、申し訳なさそうな顔になり、「そこで僕は」と続けた。

「笛吹さんで試すことにしたのです。就寝の直前に、絶対に心に引っ掛かってしまうような話を聞かせれば、それが反映された夢を――現実と勘違いしてしまう程に真実味のある夢を――見るのではないか、と。しかし、まさかこんなに効くとは思っていませんでした。申し訳ありません」

一応反省してはいるのだろう、鏡太郎が深々と頭を下げる。あっさりした謝罪に笛吹は絶句し、それを見ていた義信は「怖い人だ」と思った。

いくら馬が合わない相手だからと言って実験に使おうとするのも怖いが、より恐ろしいのは、その実験をあっさり成功させてしまえる鏡太郎の技量であった。

何せ、昨夜の語りは、当事者ではない義信でさえも怖かったのだ。

鏡太郎がどれほど自覚しているか分からないが、この少年の放つ言葉は確かに力を持っている。できれば、本人が望む形でその力をのびのびと発揮できる日が来るように……と義信が祈っていると、鏡太郎は義信にも頭を下げた。

「そうそう、ありがとうございました義さん」

「え。俺は礼を言われるようなことは何も……」

「義さんは、今朝顔を合わせた時から、あの女性が実在しないことをご存じだったでしょう？　しかし僕の気持ちを慮って、それを口に出さないでいてくれました。今のは、そのお気遣いへの感謝です」

「……ああ。全部、見透かされていたわけですか」

敵いませんね、と義信は苦笑した。

鏡太郎が見抜いた通り、義信は、昨夜鏡太郎のところに誰も来ていないということを知っていた。二十年近く親の仇を追い続け、気を許せない状況にも慣れている義信は、元来眠りが浅い。昨夜も何度か目を覚ましたが、鏡太郎はずっと嬉しそうな顔で一人で眠りこけており、誰かが来た痕跡もなければ、来る気配もなかったのだ。

寂しそうに鏡太郎が続ける。

「知里が見たのも全部夢だったのでしょうね。幻の元となった人物が別人である以上、知里の見た幻と僕の会った人は姿も声も異なっていたはずですが、僕は彼の話を少し聞いただけであの時の人だと思い込んでしまった……。愚かしい話です。知里の場合、優しい老人にも会っていますが、あれは、彼が今年祖父をも失っていたからだと思います」

「なるほど……。しかし、この場所が望むものを見せるというなら、彼も泉先生も、なぜ亡くなった当人に会う夢を見なかったんです？」

「理性が邪魔をしたのでしょう。僕も知里も、故人との再会を切望していながら、死者が帰ってくることはないと知っている……。だからこそ、当人ではなく、当人を思わせるような人を見たんです」

淡々とした口調で語った鏡太郎は、「そんな辻褄合わせは要らないのに」と、抑えた声で言い足した。

鏡太郎は、亡き母への強い憧憬を抱き続け、また、この世ならざるものたちの実在を祈り続けている少年だ。そんな鏡太郎にとって、全てが夢だったと自分の口で説明するのは相当に辛いのだろう、その表情は痛々しい。

どう声を掛けるべきか迷う義信だったが、鏡太郎は思い出を吹っ切るように頭を振り、山を見上げて続けた。

「思えば、卯辰山で起こったという『縮地の怪』――遠くのものが近くに見えるという怪現象ですが、あれも一種のガスの作用かもしれませんね。山崩れ以来起こらなくなったというのも、ガスの噴出口が塞がれたからだと考えると筋が通ります」

そう言って朝日を浴びる峰々を眺めた後、鏡太郎は義信へと視線を戻した。

「ところで、義さんは何も見なかったのですか？」

「え」

不意を突かれてきょとんと応じる義信を、鏡太郎、そして笛吹が見つめる。注目を浴びた義信は一瞬口ごもり、力なく首を横に振った。

「……あいにく、俺は何も見ませんでした。今の俺は、夢に見るほど強い思いを持ち合わせていない、つまらない人間ということなんでしょうね」

腕を組んだ義信が自嘲する。それを聞いた鏡太郎は、そうですか、とだけ寂しそうに相槌を打ち、改めて無人の大伽藍に目をやった。

その日、三人は明るいうちに山を下りた。町に着いた頃には笛吹の顔色は元に戻りつつあったものの、やはり口数は少ないままで、「家に帰ったら狼を供養しようと思う」とだけ言い残し、逗留している宿屋へ消えた。

鏡太郎たちと笛吹が別れた頃から、金沢一帯に雨が降り始めた。

徐々に雨足を増した雨は、夜になると大風を伴って勢いを増した。外の様子が見えない程激しい暴風雨は一昼夜続いたが、夜明けとともに収まり、人々は安堵した。

そして、一転して秋晴れが広がった日の昼下がり。

鏡太郎は再び卯辰山の麓の寺院を訪れ、知里や瀧、その家族や住職らを前に、山中で起こったことを語って聞かせた。

山の民がかかわったであろう部分は伏せ、知里の持っていた山の民の守り刀については、お堂に忘れられていた儀礼用のものを知里が無意識のうちに持ち帰ったのだろう――と鏡太郎は語り、その言葉を疑う者はいなかった。

義信が本堂に到着した時には、既に解説は終盤に差し掛かっていた。「不思議辨妄」を片手にガスの作用を語っていた鏡太郎は、義信に気付くと話を中断し、意外そうに目を丸くした。

「義さん？　今日は来られない予定だったのでは？　何かご用ですか？」

「いや、急ぎませんので後でいいです。どうぞ続けてください」

そう言って続きを促した義信は、本堂の隅に腰を下ろした。分かりました、とうなずいた鏡太郎が解説を再開する。

知里の父や祖母も最新の出版物を引用した説明には納得するしかなかったようで、やがて話を聞き終えた二人は知里に向かって謝罪した。

だが、全ての誤解は解かれたにもかかわらず、知里の顔は曇ったままだった。鏡太郎が「どうしたんだ？」と理由を尋ねても知里は何も言わなかったが、代わりに瀧が口を開く。

「『どうしたんだ？』じゃありません。全部お母さんに会いたい気持ちが見せた夢だった、そんな人はどこにもいない、お母さんと再会することもできないんだ、なんて聞かされたら、傷付くに決まってるじゃないですか！　知里は鏡太郎さんと違って繊細なんですよ？」

「僕もそれなりに繊細だぞ」

「繊細な人は自分を繊細って言いません」

うつむく知里に寄り添った瀧が、鏡太郎に呆れた顔を向ける。鏡太郎は心外だと言わんばかりに眉根を寄せたが、母を亡くした少年として知里の気持ちもよく分かるのだろう、少しの間黙りこみ、「知里」と落ち着いた声を発した。

「今言ったように、全ては自然現象が起こした幻覚だ。死んだ人は帰ってこないし、あの『うつくしき人』はどこにも存在しない。……だが、だからと言って、絶望する必要はないと僕は思う」

「え……？」

「知里は僕よりも若いんだ。まだ知らない事や、見ていない物はいくらでもあるし、これから出会う人も多いだろう。これから得ることになる思い出の中には、知里の糧となってくれるものがきっとある。そのはずだ。だから……ええと、打ちひしがれる気持ちは僕にも分かるが、顔を上げて前に進むことも考えてほしいんだ。亡くなられたお母様も、多分、それを望んでおられるだろうし……」

何度も声を途切れさせながら、鏡太郎が知里へと語りかける。

一語一語、言葉を探しながら話しているのだろう、鏡太郎の語り口には普段の流暢さはまるでない。むしろたどたどしくさえあったが、だからこそ真摯な思いが乗っているように義信には感じられた。

その気持ちは知里にも確かに伝わったようで、うつむいていた少年は顔を上げ、はい、と確かにうなずいた。

「分かりました。……ありがとうございます、鏡太郎さん」

「礼を言われることじゃない。これは僕の事件でもあったんだから」

　知里を見返した鏡太郎が照れくさそうにうなずく。とりあえず一件落着のようだな、と義信が安心していると、鏡太郎が思い出したように義信を見た。

「それで義さん。一体何の用です？」

「ああ、それがですね。俺の住んでる長屋に、山仕事をしている男がいるんですが、そいつが言うには、昨夜の台風みたいな大雨で、卯辰山の奥で大きな山崩れが起きたそうで……。で、その現場が、お堂のあった谷――泉先生が『九つ岈』と呼んだ、あの場所らしいんですよ」

「えっ」

　鏡太郎の目が丸くなった。

　瀧や知里も驚いたのだろう、本堂内にざわめきが広がっていく中、鏡太郎は深く大きく息を呑み、ややあって、「蛇抜けだ……！」とつぶやいた。

＊＊＊

　それから数日後の晴れた日、鏡太郎は義信とともに、「九つ岈」を見下ろす山に登った。

　山崩れによって川の流れが変わったのか、見下ろした先の小さな盆地は、なみなみとした水で満たされていた。空の色を映した水面は青く澄んでいたが、出来たばかりの淵の中には、あのお堂も、苔むした地面も見当たらなかった。全て土砂に埋まってしまったらしい。

　変わり果てた光景に、二人はしばらく無言で見入り、やがて義信が口を開いた。

「残念でしたね、泉先生。思い出の場所がこんなことになってしまって……。巻き込まれなかったのは幸いでしたが……」

「……案外、竜が待ってくれたのかもしれません」

「え？」

「先にお話ししたように、竜は地中で数百年を過ごし、その後に天に昇ると言われています。そしてこの山には、三百年ほど前に、麓の寺院から小さな竜が飛んできたという伝説がある。僕らの訪れたあのお堂は、その竜が地中に入った場所に建てられたのではないでしょうか？　少しでも竜の霊力にあやかれるように、そして、竜が天に昇るまでの数百年を無事に過ごせるように……。やがて、お堂を建てた人たちはいなくなり、お堂の存在すら忘れられてしまった頃、竜はいよいよ昇天の時を迎えます。ですが、そこに心の弱い矮小な人間がやってきてしまった。だから竜は」

「ほんの少しだけ、昇天を待ってくれた……?」

義信が訝るように問い返す。横目を向けられた鏡太郎は「分かっています。都合のいい空想ですよ」と嘆息し、その上で再度淵を見下ろして、「でも」と続けた。

「僕は、そうであってほしいと思うことを止められないのです」

「竜潭譚」と山中異界の美女

「竜潭譚」は明治二九年（一八九六年）に発表された短編で、鏡花本人をモデルにしたと思われる少年が、卯辰山を思わせる山で怪異と遭遇する顚末を描く。

母を失い、姉に育てられる幼い少年・千里《ちさと》はある日、隠れん坊に交じったり、五色の虫を追ったりしているうちに、山中の「九ツ谺」と呼ばれる不思議な谷に迷い込み、母を思わせる優しい美女に出会う。そこで一夜を過ごした千里は、美女に仕える老人の手で町に戻されるものの、家族や友人は千里を気味悪がった。千里も家族を家族と思えず暴れて取り押さえられてしまうが、弟を案じる姉が一心に祈ると千里の心は落ち着きを取り戻し、同時に「九ツ谺」で山崩れが起こって、その一帯は淵に沈むのだった。

山中の不思議な美女や神隠しは鏡花作品に繰り返し登場するモチーフだが、本作の特徴は、全編が子供の視点で描かれている点にある。リズミカルかつ優美な文語体で、知らない場所に迷い込んだ子供の不安や焦燥感、あるいは美女や姉の優しさに接した際の安心感などを幻想的に綴った本作は、鏡花の代表作の一つとされている。

第五話　「朱日記」

今に火事がありますから、早く家《うち》へお帰んなさい、先生にそう云って。でも学校の教師さん、そんな事がありますかッて肯《き》きなさらないかも知れません。黙ってずんずん帰って可《よ》うござんす。怪我《けが》には替えられません。けれども、後で叱られると不可《いけ》ませんから、なりたけお許しをうけてからになさいましよ。

（泉鏡花「朱日記」より）

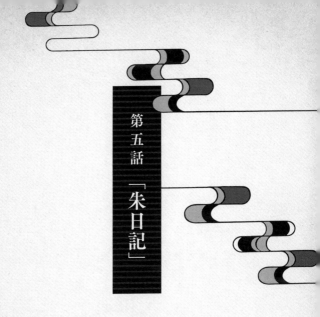

赤い旗が金沢の町の方々に立つようになったのは、秋も深まり、山の木々が色づき始めた頃のことだった。

朱色に近い赤で染められたその旗は、幅一尺（約三〇センチメートル）、長さ四尺（約一二〇センチメートル）ほどの細長い形状で、簡素な竹竿に括りつけられており、立つ場所は決まって小さな神社や祠の周辺であった。

最初に旗が立ったのは、丑《うし》の刻参りで名高い香林坊の縁切り宮だったという。

その時は近所の者が首を傾げるだけだったが、誰が何のために立てたものかも分からないこの旗は次第に増殖していった。

ある時は寺町、ある時は片町、あるいは小立野と、旗の立つ場所は徐々に広がった。

いずれの旗も近隣の住民によって回収され、処分されたが、「立っていた」という事実がなくなるものではない。夜が明ける度にまた新たな赤い旗が町のどこかで翻り、それにつれ、様々な噂が言い交わされるようになっていった。

ある者は、赤い合羽を着た坊主が立てていたらしい、と語った。

深夜、真っ黒に灼けた頭をした巨漢の坊主が、無人の稲荷社の境内に旗を突き立てていたのだという。

いや、女がやっているのを見た、という者もいた。

お使いに出かけて遅くなった子供が、美しい若い女が赤い旗を持って歩いているのを見た。女は、足を止めた子供に歩み寄り、とある警告を発したのだという。

またある者は、炎のように赤い猿の群れが立てていたそうだ、と言った。

真っ赤な毛を生やしたその猿たちは、一声も発することなく黙々と旗を立て、木々や屋根を飛び渡ってどこかへ去ったのだという。

さらに別の者は、奇妙な老人の仕業だと言った。

肌寒い夜にもかかわらず、その老人はがりがりに痩せた胸板をはだけており、骨の浮いた胸には「火」という字が大きく書かれていたとのことだった。

その他、様々な噂が語られたが、奇妙なことに、いずれの噂も、結末部分だけは同じであった。

近いうちに金沢で大火事が起こるというのである。

何をしているのか問われた赤い合羽の坊主は「城下を焼きに参ったのじゃ」と答え、子供を呼び止めた謎の女は「今に火事がありますからお気を付けなさい」と警告したのだそうだ。

新たな赤い旗が翻るにつれて人々の不安は増大し、それを受けるように、火災を除けるためのまじないの噂もまた、広く語られるようになっていった。曰く、竜は水の神なので、「龍」の字の書かれた掛け軸があればその家は助かるが、ある寺の特定の住職が書いたものしか効き目はない、等々。

一方では、迷信に頼るより金沢から逃げ出した方が賢明だと言う者もいた。

助かるための方法を語り合う人々は、いつの間にか自分たちが、近日中に金沢を襲うという大火災を——どこの誰が言い出したともしれない噂を——避けられない未来として受け止めていることに気付いていなかった。


「……まさか、ここまで一気に広がるとは思いませんでしたね」

十一月半ばのある曇りの日、出張講義を終えた鏡太郎は、人力車の上でぼやきを漏らした。車を引く義信が肩越しに振り返って問いかける。

「例の赤い旗と大火事の噂のことですか？」

「ええ。実を言うと、噂が語られ始めた頃は面白がっていたんです。ところが、あれから半月も経っていないのに、すっかり周知の事実になってしまった」

「俺の近所にも、火伏のお札を刷って売ってる奴がいますよ。飛ぶように売れるそうです。で、その売り上げで、何とかという和尚の書いた掛け軸を買うんだと」

「ああ、大乗寺の四十八代目の天竜和尚が書いたというあれですか？　今出回ってるものは九割九分贋作ですよ。そもそも、件の掛け軸が火を防ぐという伝説自体、根拠が怪しいものですから、まず効き目はありません。……僕は、怪しい噂は大好きですが、町全体が怯えているようなこの雰囲気は、率直に言って嫌ですね」

「後半は同感です。今のこのざわざわした空気は、幕末の江戸と何だか似ている気がしまして、どうにもこうにも落ち着きませんね……。泉先生としては、一連の噂をどう思われます？」

「……そうですね。『上手い』とは思います」

「上手い？」

「はい。赤い旗という物証で関心を集め、その上で火事の噂を広めるという段階の踏み方がまず巧みです。旗を立てたとされる存在についても、謎の坊主は高尾山上の怪火『高尾の坊主火』を連想させますし、警告を発したという若い女性は、かの八百屋お七を思い起こさせます。一方で、謎の猿や胸に火と書いた老人など、類例を見ない噂もあるので、一体どれが真相なのだと興味を持ってしまう。旗は火事を予言している『らしい』という曖昧さも上手いですね。不明瞭な部分があった方が話題に上りやすいので」

「ははあ」

「さらに上手いのが、ただ警告するだけではなく、対策も含まれている点です。具体的な対策法が加わった時点で、その噂はただの怪しい世間話から、忘るべからざる手引きへと変わってしまい、かくして噂はさらに広がっていくわけです」

「確かに、俺も何人ものお客に教えられましたからね。茱萸の実が効くだの何だのと……って、ちょっと待ってください。なら泉先生は、一連の噂は全部、誰かが広めたものだと？」

義信が思わず後ろを向いて問いかける。と、戸惑った顔の義信を見返した鏡太郎は、こくりと首を縦に振った。

「僕は怪異の実在を願ってはいますが、今回のこれはあまりに上手すぎます。人為的としか思えません。無論、後から野次馬が付け足した部分も多いでしょうけれど、その中核にある部分は、特定の誰かが考案したものだと思います」

「どうしてそんなことを……？」

「分かりません。ただ、この仕掛け人は、相当頭の切れる人物です。紅葉の時季を選んだのも意図的なものでしょうね。日ごとに赤くなっていく山や木々は、『この町はもうすぐ燃えるのだ』という警告を、否応なしに思い出させますから……」

そう言うと、鏡太郎は色づき始めた兼六園《けんろくえん》の木々に目をやった。

既に車は金沢の中心部に差し掛かっており、小高い兼六園の向かい側には、内堀に囲まれた金沢城跡――現・陸軍駐屯地が見えていた。日々整備が進められる駐屯地には、煉瓦造りの厳めしい倉庫や真新しい兵舎がそびえており、かつての城の名残は、もはや堀と石垣と門程度しか残っていない。

「ここもどんどん軍の基地になっていきますねえ」

「全くです。変わってほしいところは変わらないのに、変わらないでいいところは変えられていく……。ままならないものです」

相槌を打つ鏡太郎の声は重かった。自分が生まれる前の時代の文化を愛し、勇ましいものを苦手とする少年にとっては、城だったものの変貌を日々見せつけられるのは辛いのだろう。義信は鏡太郎の心中を慮った。

「泉先生らしいご感想で……。で、『変わってほしいところ』というと」

「旧態依然とした諸々です。たとえば、女性の待遇だとか」

鏡太郎が横目を向けた先には、白い練塀で囲まれた、堂々たる武家屋敷があった。

明治維新を経て金沢城の周辺の様子は大きく変わったが、藩の重役たちが住まった屋敷の幾つかは残され、明治政府の役人や軍の重鎮らの居宅に使われている。鏡太郎が目を向けたのは、そんな屋敷の一つだった。

塀越しに見える庭には大きな椎の木がそびえ、銅の板を張った堅固な門扉の脇には「吾妻」と名が掲げられている。忘れようのないその苗字に、義信は、吾妻曹市少佐夫人――雪のことを思い出し、鏡太郎の気持ちを理解した。「あの人のことは」と鏡太郎が続ける。

「どうしても、事あるごとに思い出してしまいます」

「俺もですよ。雪さんは、俺と名前を取り換えたあいつ――本物の武良越義信の思い人ですからね」

「そうでしたね。あれ以来お会いできていませんが、お元気ならばいいのですが……。義さんは、あの後、雪さんに会われましたか？」

「いえ、俺も一度も……ああ、でも、喜平さんには少し前に片町で会いましたよ。ほら、別荘で働いておられた、腰の悪い……。雪さんが別荘を出られたとき、喜平さんも、雪さんお付きの下男として屋敷へ移られたそうで」

「ということは、今はこちらのお屋敷に？」

「らしいですよ。長話はできなかったので、本物の武良越義信の捜索がどうなっているのかは聞けなかったのですが……吾妻少佐の横暴ぶりは相変わらずのようで」

「そうなのですか」

「ええ。最近は、軍や警察関係の取り巻きの前で雪さんが叱責されることも多いらしいんですが、取り巻き連中は吾妻に合わせて呆れた顔をするばかりで、雪さんの味方をする者は誰もいないのだとか。雪さんは涙一つ見せずに耐えておられるそうですが、それが痛ましくてならないと、喜平さんは言っていました」

そう言って義信は手足にぐっと力を籠めた。きつい道ではなかったが、力を入れないと、今も苦悩している雪に何もできない……いや、何もしようとしないことへの罪悪感に、自分が潰されてしまう気がしたからだ。

話を聞き終えた鏡太郎は僅かに沈黙し、痛ましそうに声を発した。

「……聞かせてくださってありがとうございました」

「いえ」

義信が短く応じると、鏡太郎は黙りこみ、それきり二人の会話は途絶えた。

＊＊＊

その翌週のある日の午後、義信は味噌蔵町《みそぐらちょう》の小さな稲荷社で鏡太郎と再会した。いくつも丸印が付けられた地図を手にした鏡太郎は、赤い旗の噂を広める目的が気になるので調べることにしたと語り、「次に旗が立つ場所の目星は付きました。今夜、監視に行く予定です」とも告げた。

それを聞いた義信は大いに驚き、感心し、そして大いに不安になった。

義信は鏡太郎の聡明さをよく知っているが、腕っ節がからっきしで、なおかつ案外間が抜けていることも知っている。となれば、運悪く……あるいは運良く、旗を立てている何者かと鉢合わせしてしまうことは充分に有り得る。

鏡太郎の身を案じた義信がおずおずと同行を申し出たところ、鏡太郎も内心では不安だったようで、嬉しそうに「お願いします」と頭を下げた。


鏡太郎が監視対象に選んだのは、浅野川の袂、ひがし茶屋街の対岸に位置する小さな稲荷社だった。道に面した社殿には古びた扁額が掲げられ、こぢんまりとした境内を囲む柵には数枚の絵馬が括りつけられている。

川の向こうの茶屋街は今夜も賑やかで、格子窓やガス灯の灯りも眩しいが、稲荷社の周辺には古めかしい灯籠が幾つか灯っているだけで、暗く静かだ。そんな暗がりの中、鏡太郎と義信は川の土手に茂るススキに身を潜め、社の様子を窺っていた。足下には小さな提灯があるが、目張りした笠で覆っているので光は漏れていない。

中腰になった義信が「どうしてここなんです？」と問うと、鏡太郎は朱塗りの鳥居を見つめたまま「まず、稲荷社だからです」と即答した。

「赤い旗の立った場所は、最初こそ香林坊の縁切り宮でしたが、その後は圧倒的に稲荷社が多いんですよ。調べた限りでは、三回に二回は稲荷です」

「それはまたどうして」

「町中の無人の社は稲荷社が圧倒的に多いから、というのが最大の理由でしょうが、他にも理屈は付けられます。お稲荷様は商売の神なので、そこに参って旗を見つけるのは商人が多い。商いをする人は、勤め人や職人や農家と比べて不特定多数の客と関わるので噂も広まりやすいんです。それに、稲荷と言えば狐、狐と言えば狐火でしょう？　これが八幡様や道祖神《どうそじん》では今一つ火事を連想させません。これらを加味して、かつ手付かずの稲荷社を絞り込み、傾向を――」

と、鏡太郎がそこまで話した時だった。

暗い川沿いの道を、背の高い人影が一つ、足早に駆けてくるのが見えた。

黒い着物を纏った細身の男のようだ。その人物は、あたりには目立った光源もないというのに灯りも持たず、手には竹竿を握りしめていた。

鳥居の前で足を止めた人影は、周囲に誰もいないことを確かめながら境内に駆け込み、懐からぞろりと細長い布を……いや、赤い旗を取り出した。赤い旗を竹竿に括りつける人影を見て、義信が面食らったのは言うまでもない。

「本当に来た……？　さすがですね、泉せ」

「そこまでです！　あなたは一体何者ですか？」

義信の抑えた声での驚嘆を遮るように、鏡太郎が声を張り上げた。旗を立てようとしていた男がびくっと震える。

「だ、誰だ!?」

「泉先生？　何を――」

「ここで逃がす気ですか？　幸い相手は一人、義さんがいれば大丈夫です！」

旗を立てようとしていた男と義信が戸惑う中、鏡太郎は提灯を手に取り、ススキの中から飛び出した。止むを得ず義信も続く。

まさか見られているとは思わなかったのだろう、旗竿を手にした男は唖然とした顔で固まっている。境内に踏み込んだ鏡太郎は、男の顔が見えるように提灯を突き出し、そして、はっと息を呑んだ。

「え。斎木杢彦さん……!?」

「はい？　杢彦って――あっ、確かに……！」

鏡太郎に僅かに遅れ、義信が声をあげた。

鏡太郎と義信の眼前に立つ男は背が高く、顔は頬が張った面長で、鼻先だけが赤い。風体や雰囲気こそ大きく変わっていたが、先の事件で関わった斎木杢彦に――正確に言うならば、杢彦の名を騙っていた、押し込み強盗集団・クサビラ一味の一人に――間違いなかった。

クサビラ一味は、全員が証拠不十分で放免されたはずだが、しかしこいつがなぜここに……？　困惑する義信と鏡太郎の前で、偽の杢彦は「お前ら！」と息を呑んだ。

鏡太郎たちのことを思い出したらしい。

「あの時のガキと車屋!?　何でこんなところに――あっ、まさか、またあのおっかない娘を忍ばせてるんじゃねえだろうな……!?」

旗の付いた竹竿を槍のように構え、偽の杢彦が震えた声を発した。先の事件の折、偽山の民である八手一人に為す術もなく叩きのめされたことを思い出したのだろう、偽の杢彦の顔は青い。「落ち着いてください」と鏡太郎が口を開いた。

「僕らはただ話を聞きたいだけです。……もっとも、嫌だと言われるなら、あの人がまた来るかもしれませんので、念のため。お山の怒りは恐ろしいですから、今度は昏睡では済まないと思いますよ？」

しれっと脅す鏡太郎である。八手を呼ぶ手はずなど鏡太郎も義信も持ち合わせていないのだが、偽の杢彦はそれを知らない。ぞっと怯えた偽の杢彦は、不安そうにあたりを見回し、「何が聞きたい」と渋々つぶやいた。

自分は根っからの盗賊じゃねえんだ、と、偽の杢彦は語った。

「元は流れ者のチンピラよ。杢彦の偽者として年恰好が丁度良かったから引き込まれただけだ。だから親分たちみてえに、身を隠す当ても伝手もねえ。放免された後、親分たちは貯めた金を持って消えちまったが、俺は金沢に残された」

「置いて行かれたわけか」

「そうだよ、車屋。幸い、当座の日銭くらいは残ってたから、俺は親分たちがねぐらに使ってた家に引っ込んだ。ほとぼりが冷めるまで大人しくしてるつもりだったんだが……そこに、あの投げ文が来たんだ」

その投げ文には、「無人の社に赤い旗を立てて、大火事の噂を広めろ」という命令が、詳細な手順や噂の内容とともに記されていた。偽の李彦はそれに従って夜な夜な旗を立てて回り、昼間はまことしやかに怪しい噂を触れ歩いたのだという。

「湯屋に床屋に酒屋に飯屋、河原に市場に橋の上……。あっちこっちに出向いては、誰かから聞いたって体で、黒い坊主やら、警告する女やら、赤い猿やら、胸に火の字を書いた爺やら、そんな話をして回ったんだよ。こんなことして何になるんだと思ったが、噂はまんまと広まっちまった。賢いお方は考えることが違うよな」

旗を手にして柵にもたれた偽の李彦が、開き直ったように笑ってみせる。他人事のような物言いに義信は大いに呆れ、そして眉をひそめた。

「よく分からない話だな……。その投げ文の主は一体何をしたいんだ？　それにお前もお前だ。警察からは放免されたはずだろうが。今は自由の身だろうに、なぜそんな指示に従ったんだ？」

「投げ文の主が、この人を放免させた者と同一だったから……ではないですか？」

　義信の疑問に答えたのは鏡太郎だった。偽の李彦がぎょっと目を見開くと、鏡太郎は「やはり」とうなずき、義信に横目を向けて続けた。

「思い出してください、義さん。クサビラ一味のせしめた金品の一部は、警察に対して影響力を持つ存在へと流れていたんです。一味を放免させたのもその人物でしょう。僕は、その人物はお目こぼしの代価を受け取っていたのだとばかり思っていましたが……今の話からすると、そんな単純な関係ではないようですね」

「と言うと」

「むしろその人物――仮に『彼』と呼びますが、その彼こそが、クサビラ一味事件の首謀者だったのでは？　斎木先生から、息子を手に掛けてしまったことについて相談を受けた人物もまた、彼なのかもしれません。そうして知った情報を、彼はクサビラ一味に流し、偽の李彦さんを使った押し込み強盗を次々と実行させた。そして最近になって、偽の李彦さんに投げ文で指示を出したのもまた彼だとしたら？　つまり、この偽の李彦さんを放免するのも逮捕するのも、彼の胸三寸次第なんですよ」

「ああ、なるほど！　元一味としては、首根っこを摑まれているようなものだから、何を言われても従うしかないわけですか」

「……そうだよ。あの投げ文のやり方を知ってるのは、あいつしかいねえ。連絡してくること自体が脅しなんだ。こっちは、ずっと『分かってるんだろうな？』って言われ続けてるようなもんだ」

　鏡太郎と義信が同時に見据えた先で、偽の杢彦が忌々しげに答える。「そいつは一体どこの誰だ」と義信が尋ねると、旗を手にした男は「言ってたまるか！」と即答したが、その直後、ふっと力なく自嘲した。

「……と、威勢よく見栄を切る程の義理もねえんだよな、考えてみりゃ」

「じゃあ、教えてくれるんですか？」

「ああ。親分は『旦那』としか呼んでなかったが、それで隠せると思ったら大間違いだ。こっちも使い捨てられちゃたまんねえからな、ちゃんと調べたんだよ。いいか？　あいつはな、警察じゃねえ。軍人だ。それもお偉い将校様よ。金沢城の傍の一等地、通称『椎の木屋敷』にお住まいの、吾妻曹市少佐閣下こそが黒幕だ」

「吾妻――」

「吾妻曹市……!?」

　鏡太郎と義信が驚く声が夜更けの境内に響いた。

　まさかここで雪の夫の名前が出てくるとは思っておらず、義信はつい大きな声を出してしまっていた。鏡太郎も同じなのだろう、慌てて口を押さえている。

　驚愕した二人が視線を交わすのを見て、偽の杢彦が怪訝そうに眉をひそめる。

「何だ、その反応……？　お前ら、吾妻を知ってるのか？」

「え、ええ。以前、仕事でちょっと……。しかし、吾妻少佐はどうしてあなたにこんなことをやらせているのです？　先の押し込み強盗はまだ分かります、私腹を肥やせるわけですから。でも、大火事の噂を広めて彼に何の得が……？　火除けの札でも大々的に売り出すつもりですか？　まさかとは思いますが、本当に大火事を起こすつもりで——いや、だとしたら事前に通告する意味がない。では一体」

「知るかよ」

乱暴な一言が鏡太郎の長い問いかけを遮る。鏡太郎が黙り込むと、偽の杢彦は赤い旗のついた竹竿を投げ捨てた。

「俺の知ってることは全部話した。後は好きにしろ」

「好きにって、お前はどうするつもりなんだ」

「てめえらなんぞに見つかっちまったんだ。潮時ってことだろうよ。おかげで金沢を出る踏ん切りがついた」

「役目を投げ出して逃げるつもりですか？　吾妻少佐が許さないのでは」

「だから、知るかっつってるだろうが！　相手が少佐だろうが大将だろうが、向こうも人間、こっちも人間だ。腹括って逃げりゃ、逃げ切れねえことはなかろうよ」

自分自身に言い聞かせるように、偽の杢彦が口早に言葉を重ねる。さらに偽の杢彦は、足下の赤い旗を力強く踏みつけると、「あばよ！」と言い残し、闇夜に溶けるように走り去ってしまった。

川沿いの道を遠ざかっていく足音を聞き、鏡太郎がぽつりとつぶやく。

「……結局、あの人の本当の名前は分からずじまいでしたね」

「あ、確かに。李彦でないのは確かですから――いや、そんなことより」

つい素直に同意した直後、義信は我に返って青ざめた。赤い旗と火事の噂の真相が分かったのはいいのだが、安心できる要素は何もない。

「これ、どうしたらいいと思います、泉先生……？　放っておくのもすっきりしませんが、俺たちが黒幕はあいつだって触れ歩いて信用されるはずがない」

「お縄になるのが関の山でしょうね。何せ、相手は警察と繋がっている」

「ですよね……。そもそも吾妻のやつは、一体全体何がしたいんです？　さすがに本気で町を焼くつもりだとは、俺にも思えませんが――」

「……不安の醸成」

ふいに鏡太郎が抑えた声を発した。

思わず義信が見下ろした先で、鏡太郎が神妙な顔のまま続ける。

「クサビラ一味の一件の時、八手さんが、治安が悪い方が統治する側には都合がいいと言っていたでしょう。そして、吾妻少佐は軍による統制の強化を望む方です。その下準備、あるいは実験として、人々の不安を煽ること自体が目的なのではないでしょうか……？　だとしたら実に巧妙な計画です」

「褒めてどうするんです！　と言うか、そうだとして、先生はどう思うんですか」

「決まっています。こんな風に怪異を利用するのは許せない」

きっぱりと言い切りながら、鏡太郎は顔を上げて義信を見返した。

鏡太郎の提げる提灯の中の蠟燭は既に短く、光源の位置も随分と低い。鏡太郎の顔が揺れる炎に下から照らされる様は、顔立ちがまだ幼く端整なだけに、この世のものではないような凄みを湛えている。気圧されて押し黙った義信に向かって、鏡太郎はさらに言葉を重ねた。

「義さん。喜平さんに渡りを付けてもらうことはできますか？」

「喜平さんに……？　そりゃまあ、あの人は幽閉されてるわけでもありませんから、連絡しようと思えばできますが……しかしどうして」

「椎の木屋敷――吾妻少佐の邸宅に忍び込むためです。幾ら相手が警察と通じていようと、これから出回る予定の噂や一連の計画の下書きなどを他県の新聞社にでも送れば、さすがに知らぬ顔はできないでしょう。噂の拡散もそれで止まるはずです。方法は他にも思いつきますが、何にせよ、吾妻少佐が関わった証拠が必要です」

つらつらと語られた鏡太郎の提案に、義信は言葉を返せなかった。

軍の重鎮の屋敷への侵入というのは、河童や幻のお堂を確かめに行くのとはわけが違う。見つかったら鏡太郎も義信もその時点で犯罪者だ。

自分はともかく、まだ若く前途のある身の鏡太郎に、そんな重荷を背負わせていいのかと義信は自問した。しかも喜平に手引きを頼むとなれば、あの老人をも巻き込むことになってしまう。

黙り込んだ義信を見上げ、鏡太郎は「お気持ちは分かります」とうなずいた。

「ですがこれは、事の真相を知ってしまった者の責務だと僕は思います。たとえ火事の噂を止められなくても、せめて雪さんには警告したい。あなたの夫に気を付けろ、と。ですが、あの人は賢い女性です。説得するにはやはり証拠が要ります」

義信が見つめ返す先で、鏡太郎が真摯に言葉を重ねていく。その眼鏡の奥の大きな瞳に、義信は、溢れんばかりのまっすぐさと、かつては自分も持ち合わせていたはずの眩しさを見た気がした。

「無理ですよ、ほっときましょう」と突っぱねるのは簡単だ。だが、そうしたくない自分がいることを、義信は確かに感じていた。

……どうやら俺は、自覚していたよりもはるかに強く、この風変わりな先生に感化されているようだ。

そのことに気付いた義信は軽く自嘲し、大きな息を吐いた後、首を縦に振った。

「分かりました。ただし、潜入する時は俺も一緒です」

＊＊＊

翌日、義信は早速喜平を呼び出し、吾妻少佐について調べたいことがあり、家探しをしたいので手を貸してくれないか、と申し出た。

具体的なことを一切言わなかったのは喜平や雪を巻き込まないためだが、あまりにも漠然とした依頼である。喜平に頼みながら、義信は「自分だったら相手にしないだろうな」と呆れたが、意外にも喜平はあっさり承諾した。

「泉鏡太郎君からの依頼なのでしょう？　あの小さな先生のことを、奥様は今でもよく話されるのです。彼には感謝している、彼のおかげで前を向くことができた、と……。奥様にとっての恩人なら、わしにとっての恩人も同じ。恩人の頼みを断ることができましょうか」

喜平はそう言って微笑み、吾妻少佐の帰りが遅く、なおかつ喜平以外の使用人が全員外出するという日を義信に伝えた。

「その日の夕方なら、わしと奥様しかおりません。裏門でお待ちしております」

そう小声で告げられた義信は、深く頭を下げて感謝を示した。

後日、鏡太郎と義信は、喜平から聞いた通りの日時に吾妻邸を訪れた。閂《かんぬき》の外された裏門を開けると喜平が待っており、二人を屋敷の中へと案内した。

屋敷の主である吾妻に加え、使用人たちも出払っているため、広い屋敷はがらんと静まりかえっている。傾きかけた西日が照らす立派な庭を歩きながら、鏡太郎は先を行く喜平に小声で話しかけた。

「雪さんはご在宅なんですよね？」

「ご自分のお部屋におられますが、義信君たちが来られることはお伝えしておりません。万が一、ことが発覚した時に、責を負うのはわしだけで充分ですので」

「本当にすみません。こんなことをお願いしてしまって……」

「いえいえ。正直、わしもね、雇われの身ではあるものの、あの方には色々思うところもありますから……」

勝手口を開けながら喜平がぼやく。元々雪に仕えていた喜平としては、横暴な夫である吾妻に対してかなり不満が溜まっているようだ。

「それで、何をご覧になりたいのです？」

「吾妻少佐の日記や日誌を見たいのですが、記録類をまとめて保管している部屋はありませんか？」

「でしたら書斎ですな。こちらです」

そう言って喜平が案内した先は、六畳ほどの板張りの洋間だった。正面の窓の下に洋風の机と椅子があり、左右の壁は全て書棚になっている。綴じられた書類の束や文箱を見回しながら、喜平が抑えた声で言う。

「ここは、勝手に立ち入ってはいかんと申しつけられておる部屋でして……。わしら使用人はおろか、奥様の出入りも禁じられておるのです」

「それはいかにも何かありそうですね。ありがとうございます。痕跡は残さないようにしますので」

「よろしくお願いいたします。では、何かあったらお知らせします」

鏡太郎に会釈を返し、喜平は扉を閉めて書斎から立ち去った。残された二人は視線を交わしてうなずき合い、同時に棚の書類に手を伸ばした。

だが、家探しを始めて小半時（約三十分）も経たないうちに、扉の外で喜平の慌てた声が響いた。

「だ、旦那様？　今夜は、宴席があるので遅くなるとお聞きしておりましたが」

「料亭で見せることになった書類を取りに寄っただけだ。すぐに出る。……喜平、何をそんなに慌てている？」

「い、いえ、慌ててなどはおりませんけれど……」

吾妻少佐と喜平の声が扉の向こうから近づいてくる。吾妻が帰ってきたと気付いた鏡太郎と義信は、青ざめた顔を見合わせたが、その直後、書斎の扉が開いた。

「あ！」

「……何？」

鏡太郎と吾妻の声が重なって響く。軍服を纏った偉丈夫《いじょうふ》——吾妻曹市少佐は、扉を開けた姿勢で立ち止まり、部外秘の書類を広げる二人を見て大きく目を細めた。

「お前たちは確か、雪の家庭教師と、その時に雇った車屋……？」

書斎の入り口を塞ぐように立ったまま、吾妻が鋭く問いかける。その後ろでは喜平が残念そうに顔に手を当てていた。

……これはもう、観念するしかないようだ。

義信は大きく嘆息し、手にしていた書類をそっと棚に戻した。


黙ってうなだれる鏡太郎と義信を、吾妻はひとまず座敷へと連れて行った。

座敷は十畳近い広さで、床の間や違い棚には、吾妻の蒐集物と思われる古めかしい刀剣類が飾られており、まだ新しい襖には、大岩が連なった深山の風景が荒々しい筆致で描かれていた。既に日は落ちており、窓の外は暗い。

一同が座敷に入って程なくして、閉めたばかりの襖が開き、雪が顔を覗かせた。書斎での騒ぎに気付いて様子を見に来たのだろう、雪は、罪人のように正座させられている鏡太郎と義信を見るなり、目を丸くして驚いた。

「鏡太郎先生……!?　それに、武良越様も……」

「……どうも」

「ご無沙汰しています」

義信のきまりの悪そうな会釈に続き、鏡太郎は礼儀正しく頭を下げ、「今日もお美しいですね」と言い足した。それは義信も同感だった。

家事の途中だったのか、雪は長い黒髪を赤い簪《かんざし》でまとめ、簡素な白地の単衣に裾を上げるための扱《しご》き帯を締めて、防寒用の無地の打掛を羽織っていた。華美さとは縁遠い実用的で地味な装いであったが、だからこそ色白で儚げな雪の魅力がはっきりと出ているように義信には思えた。

狼狽した様子で入室した雪が、おずおず夫に問いかける。

「あ、あの、旦那様？　これは一体……？　どうして先生たちが――」

「こいつらは書斎に忍び込んでいたんだ！」

床の間を背にして立った吾妻は雪を一喝し、正面に座った鏡太郎たちに向き直った。夫の剣幕に雪はびくりと震え黙り込み、部屋の後ろの隅に腰を下ろすと、近くに控える喜平と心配そうな顔を見合わせた。

義信の見たところ、吾妻は喜平が侵入の手引きをしたことには気付いていない。せめて、そのことだけでも隠し通さないと……と義信が思っていると、吾妻は喜平を見やって口を開いた。

「喜平。警察を呼べ」

「え。しかし旦那様」

「しかしも何もない。こいつらは泥棒だぞ！　私が見張っておくから——」

「よろしいのですか？　僕たちが捕まると、あなたの立場も危ういのでは？」

ふいに鏡太郎が声を発し、吾妻の言葉を遮った。その場の全員が見つめる中、最も年若い眼鏡の少年は、まっすぐに背筋を伸ばし、吾妻を見返した。

「吾妻少佐。僕とて、好きでコソ泥のような真似をしたわけではありません。ですが、あなたがなさったことを知った以上、こうするしかなかったのです」

「回りくどいな。そういう持って回った言い方は私は好かん。何が言いたい？」

「では単刀直入に申し上げます。クサビラ一味と通じておられましたね」

鏡太郎の不敵な一言に、吾妻がハッと押し黙る。眉根を寄せる吾妻を前に、鏡太郎は澄ました顔で「既に摑んだ証拠については、信頼できる場所に預けてあります」と言い足した。

ハッタリだと義信はすぐに気付いた。証拠がないからこそ自分たちは書斎に潜入したのだし、何も見つからないうちに吾妻が帰ってきてしまった。だから鏡太郎の言葉は大嘘なのだが、吾妻はそのことを知らない。

どうやら鏡太郎は、カマを掛けて言質を引き出し、取引に持っていくつもりのようだ。その度胸に感服する義信の前で、吾妻は喜平に「通報は待て」と命じ、腰を落としてあぐらを組んだ。

「どうしてあんなことを」と鏡太郎が問い、「一種の実験だ」と吾妻が答える。

「統制を強めるには、治安が悪い方が都合がいいからな。私はこの金沢をいずれ、完全な軍都としたいと考えている。行政も警察も全てが軍の指揮下に入った、駐屯地を中心とした軍事都市。その理想を実現するための、あれは軽い実験だ」

「軽い実験？　どれだけの人が不安がっているか、あなたはご存じないのですか」

「市民の反応は織り込み済みだ。問題はない。第一、あれはもう終わったことだ」

「終わった……？」

「ああ。不本意な終わり方ではあったが、それなりに有意義な結果は得られた。もう何か月も前の話だが――」

「え？　い、いや、ちょっと待ってください、吾妻少佐」

「何だ」

「あの……さっきからあなたは、何の話をしているんです……？」

困惑した鏡太郎が吾妻を遮り、問いかける。

違和感を覚えたのは義信も同じだった。そもそも吾妻は、偽の杢彦が噂の拡散を止めて逃げ出したことも知らないはずだ。なのに吾妻はまるで、全てが過去の出来事であるかのように語っている……。

「吾妻少佐？」と鏡太郎が抑えた声を発した。

「念のためにお尋ねしますが……あなたが言っておられる『実験』とは、赤い旗と大火事の噂のことですよね？」

「……何？」

今度は吾妻が当惑する番だった。ずっと冷静な態度を崩していなかった吾妻が初めて見せた狼狽に、鏡太郎がさらに戸惑う。

「ちょっと待ってください。押し込み強盗のクサビラ一味と結託し、彼らを庇護し、逮捕後に放免させたのはあなたではないのですか？」

「それは私だ」

「ですよね？　ならば、最近になって彼らに再び指示を出し、方々に赤い旗を立てさせ、さらに火事の噂を広めさせたのもやはりあなた――」

「違う」

「え。ほ、本当ですか……？」

「当たり前だ！　連中にいつまでも関わっているほど私は暇ではない！　火事の噂は

私も知っているが、あれがクサビラの連中と関係していると言いたいのか!?」

　本気で驚いたのだろう、吾妻が声を荒らげて問い返す。とても嘘を吐いているとは思えない態度に、義信は大いに困惑した。

「泉先生？　これはどういうことです……？」

「分かりません！　僕の方が聞きたいくらいです」

　眉根を寄せた鏡太郎が黙り込み、吾妻と義信がどちらからともなく顔を見合わせる。困惑と沈黙が座敷を満たし――そして、その一、二分の後。

「ふふ……」

　静まりかえった座敷に、上品でしとやかな笑い声が微かに響いた。

　一同が反射的に振り向いた先にいたのは、座敷の隅に正座していた雪だった。理由は分からないが、つい笑みが漏れてしまったらしい。慌てて口元を隠して頭を下げる雪を見て、義信は眉をひそめ、吾妻は顔をしかめ、そして鏡太郎は、はっと大きく息を呑んだ。

「――あ」

　一声だけを漏らした鏡太郎の顔が、なぜかどんどん青くなっていく。義信が「どうしたんです？」と尋ねると、鏡太郎は蒼白な顔のまま、震える声を発した。

「……僕の目は、節穴でした。僕は、元クサビラ一味に指示を出せたのは吾妻少佐だけだとばかり思い込んでいたんです」

「え？　いや、そりゃそうでしょう。……違うんですか？」

「違います！　あの連絡手段は、双方が相手を確認しなくても通じてしまう……！　仕組みさえ知っていれば、便乗することは可能なんです！　誰かが指示系統を流用していたんですよ！　以前と同じく、吾妻少佐からの命令だと思い込ませ、旗を立てさせ、火事の噂を広めさせたんです。その人は噂を流すことに長けていて、それに動機だって――」

「『その人』？　貴様、犯人を知っているのか!?　誰だそいつは！」

吾妻が再び声を荒らげたが、鏡太郎は答えなかった。鏡太郎はただ気まずそうに視線を下げ、座敷が再び静まり返る。

数秒の後、その沈黙を破ったのは、先と同じ人物だった。

「もう結構です、鏡太郎先生。お気遣い、ありがとうございます」

座したまま鏡太郎に向き直った雪が上品に一礼する。

礼を言われた鏡太郎は、ああ、と痛ましそうに胸に手を当て、雪を見返した。

「では……やっぱり――」

「ええ、そうです。赤い旗を立てさせたのは私です」

耳に優しい柔らかな声で、雪ははっきりと言い切った。

その明瞭な宣言に、義信は言葉を失い、吾妻はかっと目を見開いた。

「何だと!? いや、だが、お前がどうして――」

「『一味への指示の出し方を知っているのか』とお聞きになりたいのですか？ もしかして旦那様は、私のことを、書斎に入るなと言ったら絶対に入らない、そういう従順な生き物だと思っておられたのでしょうか？」

品のいい微笑を湛えたまま、雪が吾妻に切り返す。妻にそんな風に言い返されたのは初めてだったのだろう、吾妻は絶句し、それに代わって鏡太郎が再び尋ねた。

「……どうしてなんです、雪さん。なぜこんなことを」

「決まっていますでしょう？ 警告です」

「警告？ なら、あなたは、本当に――本気で――」

「はい。私は、金沢城と、その城下を焼き尽くします。この軍都に恨みはありますが、巻き込む人は少ない方がいいでしょう？ なので、皆様の警戒心を強め、避難を促すために、噂を広めさせていただきました」

「ゆ、雪さん……。あなたは――」

「貴様！ 気でもふれたか！」

立ち上がった吾妻が吼えた。荒事に慣れた軍人の怒声には、無関係な義信でさえも思わずびくつくほどの迫力があったが、雪は一切動じることなく、呆れるように溜息を落としてみせた。

「そうであったらどれだけ良かったか……。旦那様——吾妻曹市様。私は残念ながら正気です。そして、私はあなたが嫌いです。大嫌いです。あなたに与した人たちも、あなたを支える組織も、あの禍々しい駐屯地も」

「だから金沢城を焼くと……？　あなたを虐げたものの象徴だから？」

尋ねたのは鏡太郎だった。「そうです」と雪が冷たく笑う。「なぜです！」と鏡太郎が即座に問い返す。

「あの日、言ってくださったではありませんか！　前向きになろうとしてみようと思うと！　選べる道はいっぱいあるのだから、と……！」

「お二方はご存じでしょう。早瀬力さんを私が捜していたことを」

鏡太郎の言葉を雪はさらりと受け流し、話題を変えた。義信が戸惑いながら「行方が分かったのですか」と尋ねると、雪は首肯した。

「先日、喜平さんが探し当ててくださいました。……あの人は、秩父事件の首謀者の一人として手配され、軍の憲兵隊に秩父の山中に追い込まれて、そのまま行方知れずになっていました。最後の手紙からしばらく後のことです」

「そうだったのですか……」

「で、でも、行方知れずということなら、どこかで生きているのかも」

絶句した義信に代わって鏡太郎が問いかける。だが雪はきっぱりと首を左右に振り、「地元の新聞にも出ていました」と続けた。

「現場は崖の多い切り立った山なのです。足を滑らせて亡くなったに違いない、あの山で行方不明になったら死体はまず見つからない、と記事にありました。――旦那様。覚えておられますか？　三年前の秩父での山狩りのことを」

ふいに雪が吾妻へと話を振った。唐突な質問に面食らったのだろう、吾妻は大きく眉をひそめたが、すぐに「待て」と目を細めた。

「三年前の秩父と言ったか？　それは――」

「そうです。あなたが金沢に赴任される前に指揮したあの山狩りです。あの時追われた早瀬力様は、かつて、私と思いを交わした方でした」

雪の声が吾妻の言葉を遮った。はっと吾妻が押し黙り、同時に義信は雪が行動を起こした理由が少しだけ分かった気がした。

おそらく、雪は、かつての武良越義信――早瀬力の消息を知ってしまったことで希望を絶たれ、恋人の命を奪った男の妻であることに耐えられなくなったのだろう。

鏡太郎は痛ましげに目を逸らし、ただ一人事情を知っていた喜平は、雪の心情を察してか顔を伏せる。そんな中、吾妻がふいに怒鳴り声を発した。

「ふ……ふざけるな！　黙って聞いていればぬけぬけと……！　雪、お前は自分の立場を忘れたのか？　お前の生家が、吾妻家からの支援でどうにか食いつないでいることを忘れたか！」

「覚えていますよ。でも、もう、そんなことはどうでもいいのです。……ご自慢の脅しが効かなくて残念でございましたね。ふふ」

「一々笑うな！　夫に向かってその態度は何だ！」

青筋を立てて激昂した吾妻は、床の間に飾られていた刀の一つを手に取った。義信たちが制止する間もなく、吾妻は鞘を投げ捨てて、足早に雪に迫った。そして吾妻が手にした得物を振りかざした、その矢先。

バン！　という破裂音が轟いた。

「ぐっ」と響く短い悲鳴。赤い血が飛び散り、柄を砕かれた刀が畳の上に転がる。

いつの間にか拳銃を手にしていた雪が、吾妻の右の掌を撃ち抜いたのだ。右手を押さえた吾妻がへたり込むのと同時に、雪がスッと立ち上がる。回転式の小型拳銃を両手で構える妻を見上げ、吾妻の顔が青くなった。

「お前！　その銃は……」

「あなたの蒐集物の一つです。しばらく前から懐に忍ばせておりました」

あくまで落ち着いた口調とともに、雪は慣れた手付きで撃鉄を起こした。弾倉が回転し、新たな銃弾が装塡される音に、吾妻は怯え、唸った。

「う、撃つな……！　止めろ！」

「私がそう言った時、あなたは一度でも殴るのを止めてくださいましたか？」

雪が鋭く問い返す。その短い質問で、義信と鏡太郎は、雪がこの家でどんな目に遭い続けてきたのかを知った。

絶句した吾妻を前に、雪の細い指が引き金を引く。再び銃声が轟き、吾妻の右の肩に血が弾けた。ぐわっ、と叫んだ吾妻が後方に派手に転がる。

「貴様……！　よくも、よくも妻の分際で――」

「諦めなさいませ。今の奥様はお強いですよ」

吾妻の怒号にしわがれた声が重なった。

「教えたわしが言うのも何ですがね、奥様は大変に筋がいい」

そう語る喜平の手には、いつの間にか大振りの太刀が握られていた。鏡太郎と義信が雪と吾妻に気を取られていた間に、床の間の太刀の一本を手にしていたらしい。唖然とする鏡太郎たちの前で、喜平は頭を振って自嘲した。

「いや、まさか先生方が、あの赤い旗の一件を調べるために来ているとは思いませんでしたよ。旦那様の後ろ暗いところが見つかるに越したことはないですからね、何も聞かずにお手伝いしましたが……」

聞き慣れた気さくな声で語りながら、喜平がゆっくりと刀を抜き、鏡太郎たちに歩み寄る。そして次の瞬間、鏡太郎の喉元に、喜平の刀の刃先が突きつけられていた。

「え」と狼狽える鏡太郎に、喜平が穏やかに語りかける。

「奥様の邪魔をされると困りますのでね。動かないでくださいませ。何しろこいつはよく切れます。名刀『鷲切《わしきり》』――お化けがお好きな先生なら、ご存じなのでは？」

「……知っています。子猿を殺した湯涌《ゆわく》山中の大鷲と戦うために、親猿が持ち出して使い、見事に鷲を退治した後に持ち主に返したという、備州《びしゅう》兼光《かねみつ》の名刀ですね。実物を見るのは初めてですが」

「さすがお詳しい。ああ、義信君も動かないでくださいよ？」

鏡太郎に刃先を突きつけたまま、喜平が義信に笑いかける。腰を浮かせようとしていた義信は、冷や汗を拭い、「喜平さん」と目の前の男の名を呼んだ。

「今の動きは、腰を痛めた人のものじゃない……。あなた、もしかして、ずっと腰が悪いふりを……？」

義信が震える声で問いかける。喜平は無言で首肯し、血を流してうずくまる吾妻へと向き直った。

「旦那様。わしの顔を覚えては……まあ、おられますまいな。毎日顔を合わせていても、一向に気付かれなかったわけですから」

「何だと？　喜平、お前は――」

「わしはね。かつて陸軍の新兵だったんです。新兵といっても、かなり年は食っていましたが……。自分で言うのも何ですけれど、加賀藩時代はそこそこ名の知れた侍でした。強いわけではないんですが、まあ、器用だったんですな。刀でも槍でも銃でも大砲でも、武器なら何でも人並み以上に扱えました。争いごとは大嫌いだったんですが、武士の世界というのはほら、上の命令が絶対ですからねえ」

そう言って喜平は皺の深い顔をくしゃりと歪め、自嘲した。この男も武士だったのか、と義信は思った。辛そうに目を細めながら喜平は続ける。

「おかげで、幕末には血なまぐさい現場に何度も駆り出されまして……そこをどうにか生き延びてみれば、今度は東京の軍隊に入れられてしまいました。上役やら家やらの義理を立てるためには、そうするしかなかったんです。適当に遣り過ごすつもりでしたがね、ある時、就任し立ての若い上官殿が、兵隊を集めてこう仰った。お前たちは戦に出て死ぬことができるか、と。覚えていますね？」

「お……覚えている」

「そうでしょうとも。あの時、一回り以上も下の若い兵隊たちは、『勿論だ』『今、戦がないのが残念だ』と勇ましいことを申しましたが、わしは同意できませんでした。嫁をもらったばかりだったこともあって、『誰とも戦いたくはありません。大事な人のためになら盾になって倒れますが、武器の使われないことを何よりも望みます』と、素直に言ってしまった。そしたら――どうです？　思い出されましたか？」

「少佐は思わず手を上げた……」

喜平の問いに答えたのは鏡太郎だった。その話は義信も知っている。鏡太郎たちが初めて吾妻に会った時、吾妻が自慢げに語った話だ。

「あれは、喜平さんのことだったんですか……？」

「そうなんです、義信君。旦那様のお話では、ただ手を上げたことになっていますが、実際はそんなもんじゃない。わしは小銃で殴り飛ばされ、旦那様の命令で、部隊の全員に軍靴で踏みつけられました。顔の形が変わる程にね。その後も、わざと落ち度を作られるわ、濡れ衣は着せられるわ……。さんざん懲罰された上で除隊ですよ。ぼろぼろになった体で加賀に帰ってみれば、悪いことは重なるもので、ろくでなしの親類縁者に田畑も家も取られた後、妻は、あばら家で死んでおりました。それからのわしは、流されるように生き続けてきましたが……しばらく前、旦那様が金沢に赴任してくることを知り、ようやく人生の目的を見つけたのです」

「すると、お前は最初から復讐のために私に近づいたのか……？　そうか！　喜平、お前は、自分の仕返しのために雪を誑かしたのだな！」

吾妻が叫ぶ。だが喜平は雪と視線を交わし、ゆっくりと首を横に振った。

「違いますよ、旦那様。むしろ、わしは利用されたんです」

「利用……？」

「奥様は本当に賢いお方です。別荘から戻った後、わしの目的に気付きなさって、体の不調が偽装だということも悟られたが、ずっと黙っていてくださいました。そして、早瀬力様の最期についてお伝えした時、奥様はこう言いなさったんです。『目的も素性も黙っておいてあげますから、戦い方を教えなさい』と。『私は、戦うことに決めました』と。『私は城を焼きたいのです』と……。そうですね、奥様」

「ええ」

「というわけです。あのお言葉を聞いた時、わしは雷に撃たれたような気がしました。このお方は、わしなんぞよりもはるかに大きなものと戦おうとしておられる……。そう気付いたわしは、改めてこの人に尽くすことを誓いました。旦那様、もう一度申し上げます。奥様は実にお強い方ですよ。あなたなんぞの嫁にはもったいない！」

喜平の堂々とした声が座敷に響く。ああ、と唸った吾妻は黙り込んでしまい、義信もまた、喜平と雪の覚悟に圧倒され、声を発することができなかった。

短い沈黙の後、最初に口を開いたのは、刀を突きつけられている鏡太郎だった。

「あの、一つお尋ねしてよろしいですか？　金沢城を焼くと言っておられますが、一体全体どうやって……？　まさか火を付けて回るわけでもないでしょう」

「幕末、加賀藩の過激派が造らせた大砲が、とある場所に残っておるのですよ。万一お城が官軍に乗っ取られた時に、一撃で城を根こそぎ焼き払うため、大野弁吉《おおのべんきち》一門に造らせた大砲がね。怪談話にお詳しい先生ですから、噂を聞いたことくらいはおありなのでは？」

「……ありますね。興味がなかったので調べたりはしていませんでしたが……。なるほど、あれが実在していたわけですか」

鏡太郎の声が震えているのは、恐怖ではなく興奮からだろうと義信は理解した。

大型大砲の噂は義信も聞いたことはあったし、また、それを造ったという大野弁吉一門の名も知っていた。「加賀の平賀源内《ひらがげんない》」と呼ばれ、時代を飛び越えるような発明を手掛けた、幕末の発明家とその弟子たちだ。

「既に整備は終わっております」と喜平が言い足し、雪がそれを受けて続ける。

「もう、いつでも撃てるのですよ。あの大砲に装填されているのは、ただの砲弾ではありません。油のような糊のような、大変によく燃える特製の燃料を満載した砲弾です。一度お城に落ちれば、燃えた燃料が一帯に飛び散り、あたりを根こそぎ焼き尽くす……。駐屯地は灰燼《かいじん》に帰し、お城もその周りも焼け野原となるでしょう。妻がそんなことをやったと知れたら、旦那様の面目は丸つぶれですわね。ふふ……」

吾妻を見下ろした雪が薄笑いを浮かべ、全くです、と言いたげに喜平がうなずく。

それを見た義信は思わず声をあげていた。

「本気なんですか、喜平さん？　城下にはあなたを慕うものが大勢いるでしょう？　俺だってそうです！　あなたは誰にも分け隔てなく接する、優しくて面倒見のいい人だったじゃないですか！　なのに――」

「義信君。どうしてわしが他人に優しかったと思います？　どうでも良かったからですよ。自分のことも、他人のことも」

「……喜平さん……」

皺の深い顔に浮かんだ笑みに、義信は言葉を失った。この人には俺の言葉は届かないと、そう理解してしまったのだ。

と、その時、吾妻がいきなり立ち上がった。血を流しながら奮い立った吾妻は、畳の上に転がっていた刀を左手で摑み、真っ赤に血走った眼で妻を睨んで吼えた。

「もう沢山だ！　雪、貴様だけは帝国軍人の誇りに懸け――」

バン！　と三度轟いた銃声が、吾妻の雄叫びを打ち消した。

右足の付け根を撃ち抜かれた吾妻は勢いよくもんどりうち、押し入れの襖を突き破って倒れた。気を失ったのだろう、仰向けになって動かなくなった夫を雪はちらりと一瞥し、鏡太郎たちに向き直った。

「鏡太郎先生。武良越様。巻き込んでしまって申し訳ございませんでした。出来る限りお早く、町を離れる事をお勧めいたします。これから城下を焼く炎は、怨みの燃えるあやかしの火。茱萸の実や掛け軸で防げるものではございません」

「え？　いや、雪さん、待ってください！　僕はまだ――」

鏡太郎は会話を続けようとしたが、雪は応じなかった。無言で頭を下げた雪は、太刀を下ろした喜平と視線を交わし、足早に座敷から立ち去ってしまった。

ようやく解放された鏡太郎は、安堵の息を吐くことすら忘れたかのように、雪が去った方向を見つめている。義信もまた急展開に次ぐ急展開に呆気に取られていたが、馬車の音が遠ざかっていくのを聞き、ようやく我に返った。

「泉先生！」と叫びながら義信が勢いよく立ち上がる。

「呆《ほう》けている場合じゃないでしょう！　吾妻のやつはどうでもいいですが、雪さんと喜平さんを追わないと！　泉先生――あの、泉先生……？」

義信の焦った声が戸惑ったものへと切り替わる。眉根を寄せて見下ろした先では、鏡太郎が座り込んだまま動かない。どうしたんですと義信が尋ねようとした矢先、鏡太郎は弱々しい声を発した。

「僕は、何て愚かだったんでしょう……！」

「……はい？」

「冷静に思考できていたなら、首謀者が雪さんだということはとっくに分かっていたはずなんです……！　なのに、雪さんを疑いたくない気持ちのせいで、僕はその可能性から無意識のうちに目を逸らしていた……！　愚かしいにも程がある！」

「いや、それは仕方ないですよ泉先生！　先生は人間なんですから、好き嫌いで目が眩むのは当然です。それより今はあの人を止めないと！」

「え。止める……？」

義信の視線の先で、鏡太郎が戸惑った顔を上げる。その反応に驚いた義信が「放っておくつもりなんですか!?」と問い返すと、鏡太郎は不安そうに応じた。

「……どうなんでしょう。実を言うと、僕は、雪さんに共感してしまっています」

「泉先生――」

思わず鏡太郎の名を呼んだ義信の脳裏に、先日聞かされた言葉が蘇った。

――変わってほしいところは変わらないのに、変わらないでいいところは変えられていく……。ままならないものです。

ああいう思いを持っている鏡太郎なら、迷うのは分かる、と義信は思った。

実際問題、雪の好きにさせてやりたい気持ちは、義信の中にも確かにある。

だが、と義信は胸中で自分自身に反論し、口を開いた。

「……泉先生。正直なところを言ってしまえば、俺は、駐屯地がどうなろうと知ったことじゃありません。ただ、俺は、あの人に手を汚させたくない。誰であれ、取り返しのつかないことに手を染めたら、もう戻れなくなってしまいます。俺の我がままでしかありませんが――それでも俺は雪さんを止めたい」

「『止めたい』……？　『町や城を守りたい』ではなく、ですか」

「そうです。……泉先生、卯辰山の九つ谺のお堂で一晩を過ごした時、俺は何も夢を見なかったと言いましたよね」

「え？　ええ、確かにそう聞きましたが……」

急に話が変わったことに鏡太郎が面食らう。眉をひそめる鏡太郎を見返し、義信は「あれは嘘です」と明言した。

「俺は、本物の武良越義信に――俺と名前を取り換えたあいつに会ったんです」

「雪さんの恋人だった方に……？」

「ええ。あいつは俺をまっすぐ見て、雪を頼む、と頭を下げました。俺の場合は、泉先生や笛吹さんと違って、これは夢だとはっきり分かりましたが、だからと言って忘れられるようなものじゃありません。どうやら俺は、自覚していたよりずっと、雪さんのことを気に掛けているらしいんですよ。だから俺は止めたいんです！　それに、雪さんたちが俺たちを放置したのだって、止められるなら止めてみろと、そう言いたいんじゃないですか？　だったら俺は応えたい！」

鏡太郎だけでなく自分自身にも言い聞かせるように、義信が言葉を重ねていく。普段は口数が少ない義信がここまで饒舌になるのは珍しい。黙って聞き入る鏡太郎を義信は見下ろし、「俺は一人でも行きます」と宣言した上で頭を下げた。

「だからお願いします！　付いてこいとは言いませんが、どこに行けばいいのか、それだけでも教えてください！　さっきから考えているものの、俺には大砲の場所が分からない……！　城を狙い撃つわけですから、町を囲む山のどこかだとは思うんですが、そこから先が絞れないんです！　幕藩時代は魔境扱いだった黒壁山ですか？　それとも兵器工場のあったという卯辰山？」

「──違います」

ふいに、瑞々しく強い声が座敷に響いた。

義信の聞き慣れた、若々しく凜とした声とともに、鏡太郎が腰を上げる。

「……雪さんにどう接すべきなのか、自分は本当はどうしたいのか、僕はまだ決められていません。ですが、ここで座り込んでいたって仕方ない。せめて動こうと思います。行きましょう、義さん」

「ありがたい！」

嬉しさのあまり義信はパンと手を打っていた。歓喜し安堵した義信が「で、どこに行けば」と尋ねると、鏡太郎は南に顔を向け、口を開いた。

＊＊＊

そこは小高い山だった。

山上には麓の市街地に向かって開けた小さな平地があり、そこから見下ろした先には、駐屯地として改築中の金沢城を中心とした金沢の町が広がっている。

とっくに太陽は沈んでおり、あたりは宵闇に包まれていたが、建物の窓から漏れる無数の光や街灯の灯りは、町の形をはっきり浮かび上がらせていた。沖合に目をやれば、漁船が灯す漁火がちらちらと揺れているのが見える。

そんな見晴らしのいい山上の一角に、小さな小屋が建っていた。

傾斜のきつい屋根は一枚板で、一つしかない入り口には粗末な小屋には不釣り合いな錠前が掛けられている。一見すると、山仕事用の道具を仕舞っておくためのものとしか見えない小屋の前に、今、二つの人影が立っていた。喜平と雪である。

「いいですね、奥様」

「お願いします」

月明かりの下、雪が短く首肯する。それを確認した喜平は、小屋の屋根を支えるくさびを引き抜いた。支えを失った斜めの屋根板がずるずると滑って地面に落ち、続いて、四方の壁が外側に倒れる。

小屋の内側から現れたのは、臼を縦に引き伸ばしたような形をした、金属性の円筒だった。筒の直径は二尺（約六〇センチメートル）、長さはおおよそ七尺（約二一〇センチメートル）。低く掘り下げられた地面の上に、斜め上を向いた状態で固定されており、人の胸ほどの高さの位置に武骨な取っ手が生えている。

雲間から漏れる月明かりを浴びて黒光りする大砲を前に、雪は感慨深そうに息を吐いた。「既に弾込めは済んでおります」と喜平が頭を下げる。

「奥様の仰せの通りに照準も合わせてございます。後は、取っ手さえ押し込めば」

喜平はそこで言葉を区切り、雪を見た。

分かっています、と言いたげに雪が無言でうなずく。そして、雪が取っ手を摑もうとした時だった。

ざっ、ざっ、と草を踏み分ける足音が山上に響いた。

反射的に振り返った雪と喜平の視線の先、真っ暗な闇の中から、二人の男が足早に現れた。鏡太郎と義信だ。

人力車用の提灯を掲げた鏡太郎を見て、雪は軽く目を細めた。

「鏡太郎先生？　どうして――」

「それは、なぜこんなに早く来られたのか、という質問ですか？　答えは馬を借りたからです。吾妻邸を出たところで、丁度、馬に乗ったポートル先生が——ああ、乗馬を日課にしておられる僕の恩師ですが、その方が通りかかったので、頼み込んでお借りしました。この山道は馬では無理そうだったので、下に繋いできましたが……。義さんが馬に乗れて助かりました」

「車夫になる前は、馬車の御者もやっていましたからね」

「なるほど……。ですが、私がお尋ねしたいのは、この場所が分かった理由です。どうして高尾山だとお分かりに？」

　上品な態度を保ったまま、雪は帯に挟んでいた拳銃を抜いた。その拍子に扱き帯がほどけて落ち、着物の長い裾がふわりと広がって雪の足元を覆い隠す。「『高尾の坊主火』ですよ」と鏡太郎が答える。

「『高尾の坊主火』とは、一向一揆で攻め滅ぼされた高尾城の城主の怨念が城のあった山の上で燃えるという、金沢伝統の怪談です。幕末までは見られたそうですが、この火は大砲の試運転だったのではありませんか？　ここには死んだ城主の怨念が残ると言われていますから、元々近づく者は少ないでしょうし、ここからは金沢の城下から海までを見下ろせる。維新前夜の混乱期、加賀藩内の過激派は、高尾の坊主火という怪談を利用してここに大砲を据え付け、実験を重ねていたのでは——と、僕はそう考えたのですが、いかがでしょう、喜平さん」

「……いやはや、驚きましたねえ。その通りですよ」

雪の傍らに控える喜平が目を丸くしてみせる。

義信は鏡太郎の明晰さに改めて感心し、眼前の二人と、その後ろにそびえる大砲を見た。大砲の四方には壁や屋根だった板が散らばっている。

「俺も大砲の存在を疑っていたわけではありませんが、目の当たりにするとぞっとしますね……。ストンと屋根が落ちる仕掛けにも驚きましたけど」

「あれは、雪が多いところの山小屋で見られる仕掛けですよ。屋根や柱が雪の重みに耐えられないので、雪が降る季節になると、下山する前に屋根を落としてしまい、春になって雪が全部溶けたらまた屋根を戻すんです。金沢の山にも当然雪は降りますから、この手の小屋が山上にあってもさほど不自然ではありません」

上手い偽装です、と鏡太郎は言い足し、雪をまっすぐ見据えた。

簡素な白地の着物の上に打掛を羽織り、黒い髪には赤い簪。雪の姿は先刻吾妻邸で見た時と同じで、ぱっちりとした大きな目や鮮やかな眉も、まっすぐ通った鼻筋も、何も変わってはいない。

にもかかわらず、今の雪は先ほどまでとは明らかに何かが違っていた。

少なくとも、義信の目にはそう見えた。

黒々とした大砲を背に、月の光を浴びながら悠然と立つその姿は、神々しくも恐ろしい。鏡太郎も同じように感じたのか、隣の義信に聞こえるように小声を漏らした。

「何と神々しい……。腹に力を入れていないと、今にも手を突いて頭を下げてしまいそうです。神か、あらずや、人か、巫女か、はたまた異教の麗人《たおやめ》、あるいは女仙」

「にょせん……？」

「女性の仙人ですよ。山中の異界に住まい、永遠に老いることはなく、気まぐれに人を誑かすと言います」

冷や汗を流しながら鏡太郎がつぶやき、なるほどと義信は相槌を打った。

と、黙っていた喜平が、腰に差していた名刀「鷲切」を抜いて雪の前に歩み出た。雪を守るつもりのようだ。それを見た義信は「やはりこうなりますか……」と嘆息し、腰の後ろに差していた脇差を取った。

「喜平さんは引き受けます。泉先生は雪さんを」

そう言いながら義信は軽く腰を落として構えた。堂に入った構え方を見て、喜平が白い眉をひそめる。

「義信君。もしや、君も士族だったのですか？」

「ガキの頃の話ですがね」

「そうでしたか。お互い色々あったのですねえ……。しかし、なぜ短い脇差を？」

「俺は短い方が使い慣れてるんです。それに、この脇差はただの脇差じゃありません。

吾妻少佐のご自慢の蒐集物の一つで——ええと、何でしたっけ、泉先生」

「名刀『猿丸《さるまる》』。宝暦元年、塩屋町《しおやまち》の染物屋の奥方が猿の化け物を切り伏せたと言われる伝説の脇差です。喜平さんの『鷙切』は猿が使った刀ですが、義さんの『猿丸』は猿を切った刀ですから、そっちの方が強いはずです！　……多分ですが」

「ということだそうです」

鏡太郎の流暢な解説を受けた義信は、「猿丸」を握り直して喜平を見た。

よく似ている、と義信は思う。

自分も喜平も、武士であったことを隠し、復讐のために生きてきた身だ。義信は、泉鏡太郎という風変わりな少年と知り合った結果、復讐を断念するに至ったのだが、喜平の場合は知り合った相手が雪だったというだけの話だ。

立場が逆だったら、俺も雪に加担していたに違いない……。

そう胸中でつぶやきながら、義信は喜平に語りかけた。

「やっぱり止めませんか、喜平さん。そもそもあなたは、争いごとが嫌いだったはずでしょう？」

「そうです。今でも大嫌いですよ」

「だったらどうして——っと！」

義信の質問が不意に途切れた。一気に間合いを詰めた喜平が得物を横薙ぎに振りぬいたのだ。義信は反射的に脇差を縦に構え、眼前に迫った白刃を防いだ。

ギン！　と重たい金属音が響く。一撃目をどうにか防いだ義信は、後方に跳んで間合いを取り、自身に気合を入れ直した。気を抜いていい相手ではなさそうだ。

始まってしまった鍔迫り合いの音を聞きながら、鏡太郎は雪と相対していた。

数歩分の距離を保ったまま、二人の視線が絡み合う。

雪の手には吾妻を撃ち抜いた銃があり、後ろには一撃で城下を焼き尽くすという大砲がある。

寒いのに熱い、と鏡太郎は感じた。骨は玉に、肌は氷になったように冷えているのに、同時に、顔は熱く、耳は火照り、握った掌は汗ばんでいる……。

と、ふいに雪が口を開いた。

「焼き過ぎだとお思いなのでしょう？」

「……えっ？」

「あやかしの火だとか言ってはいるが、所詮は女の意趣返し。くだらない面当てのために城を一つ、城下ごと焼くのはやり過ぎだと、鏡太郎先生はそうお考えなのでしょう？　どれだけの無関係な人が巻き込まれるか考えてみろ、と。人も家も焼けないようにするのが正しい道であろう、止めるなら今だ、と」

「それは――」

「分かります。よく分かっているのです。ですけれど、それでも、人にも家にも代えられないものというのはあるのです、確かに。……ええ、これから起こる火事は、全て私の気持ち一つでどうとでもなる。だからこそ、私は止めません」

悲壮な面持ちで宣言し、雪は拳銃を鏡太郎へと向けた。

だが、カチリと撃鉄を起こす音が響いてもなお、鏡太郎はその場から動かず、声を発しようともしなかった。

ただ悔しそうに、あるいは悲しそうに拳を握って立ち尽くす少年の姿に、雪は戸惑いを覚えたのだろう、整った眉を軽く寄せた。

「どうなさったのです、鏡太郎先生？　私を止めに来られたのでは？」

「……分からないんです」

「分からない……？」

「雪さんに何を言えばいいのか、僕にはまるで分からないんです！」

悲痛な叫びが高尾山の山上に響いた。

はっ、と目を丸くする雪の前で、鏡太郎は痛々しい声でさらに続けた。

「ここに来る途中ずっと、僕はあなたに掛ける言葉を考えていました。あなたの戦おうとしている相手はこの国に根付いた仕組みそのものだから、駐屯地を焼いても何も変わりません、だとか、時間を掛けて変えていくしかない、だとか、無関係な人を巻き込むのは本意ではないでしょう、だとか……。ですが、そんな言葉では、あなたには絶対に届かない……！　それはよく分かっているんです！」

鏡太郎の大きな声が山中に響いたが、雪は何も答えない。銃を構えたままの雪が見据える先で、鏡太郎は、ぐっ、と拳を握り締め、「でも」と続けた。

「だったら、一体、僕はあなたに何を言えばいい……？　考えに考えて分かったのは、結局、僕には、言葉が足りていないということだけです……！」

「言葉が――ですか」

「そうです！　伝えたい思いは――止めたいという気持ちは、確かにここにあるんです！　同時に、僕はあなたに共感してもいる！　ならばこそ、言うべきことはいくらでもあるはずで――なのに、未熟な僕では、それを言葉に乗せることができないんです……！　何て情けない……！」

もどかしさが爆発しそうなのだろう、鏡太郎は自分で自分を罵倒し、握ったままの拳で目尻の涙をごしごしと拭いて、沈黙した。

「うう……」

押し殺したような、悔しげな嗚咽の声が山上に響く。

赤い目で立ち尽くす鏡太郎を、雪はしばらくぽかんとした顔で眺めていたが、やがて、ふいに銃を下ろした。

「ありがとうございます、鏡太郎先生」

「『ありがとう』……？　何のことですか」

涙目の鏡太郎が問い返すと、雪はふっと嬉しそうに微笑んだ。

「今の鏡太郎先生を見て、私、何だか少し満足してしまいました」

「え？　満足って、一体どうして……」

「どうしてでしょうね。自分でもよく分かりませんが、もしかしたら、私は誰かに止めてほしかったのかもしれません。ただ純粋に、私という人間のことを思ってくれる誰かに……。だから、ありがとうございます、鏡太郎先生」

「ど、どういたしまして……。ということは、城を焼くのは——」

「ええ。中止します。だって、鏡太郎先生は、私に共感すると言ってくださいましたでしょう？　そんな方の目の前で大砲を撃ったりしたら、鏡太郎先生は気持ちの上での共犯者になってしまいます。それは、私の望むところではありません」

——鏡太郎先生たちを共犯者にするのは、私の本意ではありません。

いつかと同じ雪の言葉に、鏡太郎は大きく息を呑み、勢いよく頭を下げた。

「す、すみません……！　また僕のせいで……！」

「謝っていただくことではありませんよ。私が自分で決めたことです」

雪の穏やかな声が鏡太郎の謝罪をやんわりと遮る。

さらに雪は大砲へ歩み寄り、発射のための取っ手ではなく、砲弾の装塡用の蓋に手を掛けた。蝶番で固定された蓋がギイッと音を立てて開き、巨大な団栗のような形状の砲弾が現れる。一抱えもある砲弾に向かって、雪は無造作に拳銃を構え、引き金を引いた。

「雪さん⁉」

鏡太郎が雪の名を呼ぶのと同時に銃声が轟き、砲弾の上で火花が弾けた。

砲弾の表面がひび割れ、糊のような粘性の液体が、炎を纏って燃えながら、どろり、と滲み出る。まるで溶岩のように燃える粘液は、ぼたぼたと地面に零れ、大砲の周囲に穿たれた溝に溜まっていった。

大砲と、そのすぐ傍に立つ雪が、あっという間に真っ赤な炎に取り囲まれる。勢いを増していく炎を前に、鏡太郎は啞然として叫んだ。

「雪さん！　何を――」

「城を焼くのは止めると言いましたが、でも、私にはもう戻るところはありませんから。それに、私はもう、この世界にいたいと思えないのです」

「そんな――」

「本当にありがとうございました、鏡太郎先生。あなたの優しさに、私は最後に救われたような気がします。願わくば、どうかこれからも、私のようなものに寄り添える人であり続けてくださいますように――」

ゆらゆらと燃え立つ炎に囲まれながら、雪がにっこりと笑みを浮かべる。

悟ったような雪の凄絶な笑顔と、それを取り巻く炎の怪しい美しさに、鏡太郎は思わず目を見開いた。

「あやかし……」

鏡太郎の口から微かな声が自然と漏れる。

切り結んでいた二人も燃え上がる炎に気付いたようで、義信は慌てて鏡太郎の傍に駆け寄り、喜平は太刀を投げ捨て、「奥様！」と叫んで炎の中へ飛び込んだ。

「喜平さん！」

義信は慌てて呼んだが、その声が届くことはなかった。

雪と喜平の二人の姿は、もはや炎と煙に巻かれてまるで見えない。

これは無理だ、と義信は悟った。

燃料の一部が漏れているだけにもかかわらず、城を丸ごと焼き尽くすために調合された特殊な燃料だけあって、火の勢いは凄まじい。大砲の周囲が掘り下げられているおかげで、今のところ炎は広がっていないが、少し強い風でも吹けば最後、自分たちも火に巻かれることになる。

「……逃げましょう、泉先生」

「義さん!?　何を言うんです！」

「泉先生も分かっているでしょう！　雪さんは——それに、喜平さんも、もう」

そう言いながら、義信が鏡太郎の手を摑もうとした、その矢先。

ゴウッ、と音を立て、山上の城跡を白い風が吹き抜けた。

顔に張り付く冷たさに義信は思わず一瞬目を閉じ、そして、大きく息を呑んだ。

「……雪だ」

鏡太郎が目を見開く。

その言葉通り、二人の目の前では今、真っ白い粉雪が強風に乗って吹き荒れていた。

「ありえない！」と義信が叫ぶ。

「まだ十一月ですよ!?　それに、さっきまで晴れていたのに——うわっ！」

空を見上げた顔に風に乗った雪がまとわりつき、義信は思わず顔を覆った。季節外れの吹雪はぐんぐんと勢いを増し、あたり一面を白く染め、燃え盛っていた炎の勢いを弱めていく。と、鏡太郎が突然叫んだ。

「雪さんがいない！」

「え？」

「見てください！　ほら！　喜平さんの姿もありません！」

目を丸くした鏡太郎が、まっすぐに前方を指差して声をあげる。

鏡太郎の言うように、雪のへばりついた大砲の周囲には、消えかかった残り火が揺らめくばかりで、雪と喜平の姿はどこにもなかった。

驚いた二人は慌てて周囲を見回し、さらに付近を捜し回ったが、右を見ても左を見ても、麓への道を見下ろしても、あるいは高みを見上げても、雪たちの姿はどこにもなかった。

吹き荒れ続ける吹雪の中、義信は大きく眉をひそめた。炎に取り囲まれていた二人がどこかに逃げられたとも思えないし、あの短時間で燃え尽きてしまうはずもない。

「どういうことでしょう」と義信が問いかけると、鏡太郎は少し思案し、吹雪の向こうに霞んで見える山々へ目をやった。

「もしかして、山が呼んだのかもしれません」

「山が……呼んだ？」

「そうです。山姫様の言葉を覚えていますか？　山とは正体不明の力、あるいは別の世界のようなもので、この世に見切りをつけたものを、声を出さずに呼ぶことがある……。あの話を聞いた時は分からなかったのですが、声を出さずに呼ぶというのは、こういうことなのではないですか？」

鏡太郎が真上を指し示す。それに釣られて雪空を見上げた義信は、「どういう意味です」と尋ねようとして絶句した。

空から降り続けているものと、たった今目の前で消えてしまった女性の名が同じだということに気付いたのだ。

まさか、とつぶやく義信の傍らで鏡太郎は続ける。

「もしかしたら、雪さんは招かれたのかもしれません。雪さんの最も会いたがっていた方——本当の武良越義信さんは、山中で行方不明になっています。彼は実は先に向こう側に行っていて、今ようやく思い人を呼び寄せたのでは……？　そして喜平さんはそれに巻き込まれて、ともにあちら側へと消えて……」

思考がそのまま口から出てきているような、抑揚のない、それでいて熱っぽい口調で鏡太郎が語り続ける。

雪と風はいよいよ勢いを増しており、大砲さえもはや見えない。視界を遮る激しい雪は、白い壁のようにも、二つの世界を隔てる紗幕のようにも見えた。

冷たさに耐えかねて義信は顔を手で覆ったが、鏡太郎は「だとしたら」と言葉を重ねつつ、ふらふらと前に歩き出した。凄まじい風雪の中だというのに、その目は、まるで何かに魅入られたかのように、かっと大きく見開かれている。

「そうだ。もしそうだとしたら、この雪が、山に——あちらに通じているなら——ここを通り抜ければ、僕も」

「だ——駄目です泉先生！」

反射的に義信は鏡太郎の手を摑んで引いていた。引き止められた鏡太郎が、ぽかんと驚いた顔で振り向く。

「どうして止めるんです、義さん」

「どうしてって……」

まっすぐな質問をぶつけられ、義信は言葉に詰まった。

今自分に手首を摑まれ、それを振りほどこうとしている少年が、どれほど強くあちら側に憧れているのか、義信はよく知っている。

だからこそ、今ここで自分が止めないと、鏡太郎は間違いなくあちらに行ってしまうに違いない。義信はそう強く確信し、それは駄目だ、と思った。

鏡太郎には——まだ早い。

「そうです。まだ早い！　泉先生は若いんです！　まだ知らない事、見ていない物はいくらでもあるはずですし、これから出会う人も大勢いるはず……！　こっちに見切りをつける前に、泉先生にはまだこっちでやることがあります！　山姫様から託されたものだってあるでしょう⁉」

義信が口早に呼びかける。前半部分は、卯辰山の九つ谺のお堂の一件の後、鏡太郎が知里に掛けた言葉の受け売りだったが、鏡太郎ははっと短く息を呑んだ。言葉が届いていることを願いながら、義信はさらに続けた。

「聞いてましたよ！　泉先生は、雪さんから頼まれたんですよね？　自分みたいな人に寄り添える人であり続けてほしいって、そう言われたんですよね？　だったらそれに応えないと！　それに、泉先生にいなくなってほしくないやつが、こっちにはいるんです！　俺だって、あなたにはまだこっちにいてほしい……！」

細い手首を摑んだまま義信は必死に言葉を重ね、そして、まっすぐ鏡太郎を見た。

言葉足らずなのは承知の上だが、今の自分に言えることは全部言ったつもりだ。

黙って返事を待つ義信を、鏡太郎が見返す。一気にぶつけられた大量の言葉を理解するのに時間が掛かったのか、鏡太郎はしばしきょとんとしていたが、ややあって、眼鏡の奥で見開かれていた瞳が収縮し、そして、口から微かな声が漏れた。

「……分かりました」

気恥ずかしそうな小声とともに、義信を振り払おうとしていた力が弱まる。

「義さんの言葉を聞いて、僕はまだこちらにいるべき……いいえ、まだ、こちらにいたいと思いました。だから、もう大丈夫です」

「本当ですか……？」

「ええ。あちら側への憧れが消えたわけではないですが……確かに、僕にはまだ早いのかもしれません」

普段の冷静さを取り戻した鏡太郎が、まぶしそうに吹雪を見上げる。その表情や声色からは、ついさっきまでの熱に浮かされたような危うさは感じられない。安心した義信がようやく手を離すと、それがきっかけになったかのように、吹雪の勢いが弱まった。

激しく吹き荒れていた雪はあっという間に小降りになり、風は弱まり、雪雲に覆われた黒い空や、無数の灯りに象られた金沢の夜景が見えてくる。二人が呆気に取られていると、柔らかな風に乗るように、どこからともなく細い布が飛んできた。

「雪さんの扱き帯だ……」

鏡太郎がつぶやいた。

するすると滑るように飛来したそれは、感謝を告げるように鏡太郎の手首に絡まった。だが、鏡太郎がそれを摑もうとした途端、白い扱き帯は、はらはらと切れ、ずたずたに裂け、そして、ぱっと散ってしまった。

＊＊＊

高尾山を中心に吹き荒れた季節外れの猛吹雪は、金沢の町を一時的に白く染めたが、薄く積もった雪も翌朝には消え、町にはいつもの秋の風景が戻った。

それと同じくして、赤い旗が街角に立つことはなくなり、大火事の噂は次第に忘失されていった。「真っ赤な猿が山に帰っていくのを見た」「怪しい坊主が『城を焼くのは止めた』と言っているのを聞いた」などと語るものもいたが、これらの話は以前ほど広まることはなく、鏡太郎を含めた一部の好事家《こうずか》に語られるだけに留まった。

また、猛吹雪の夜の翌日、自宅の押し入れで重傷を負って震えていた吾妻曹市少佐が、通いの使用人によって発見された。吾妻の負っていた怪我は明らかに銃創であり、夫人と使用人の一人が姿を消していたため、事件性が疑われたが、吾妻は「押し入れを覗くと恐ろしく美しい女がいた」「女は私を気高い顔で睨み、櫛で突いた」等々、とても現実とは思えないことを言うばかりであったため、よほど恐ろしい目に遭ったらしいということしか分からなかった。


紅葉が最盛期を過ぎ、山から吹き下ろす風がいよいよ冷たくなってきたある日、義信は鏡太郎を車に乗せて香林坊の貸本屋へ向かっていた。

二人の話題は、例によって、町中で聞かれる怪異の噂についてだったが、会話が途切れた時、ふいに鏡太郎が思い出したように言った。

「そう言えば、ありがとうございます」

「はい？　何です、藪から棒に」

「高尾山で僕が吹雪の中に踏み込みそうになった時、止めてくださったじゃないですか。まだちゃんとお礼を言っていなかったことを思い出したのです。改めまして、ありがとうございました。うっかりこの世から消えてしまうところでした」

「どういたしまして――って、泉先生？　その顔、残念だった、行っておけば良かったって思ってますよね？」

「当然じゃないですか」

振り返った義信に眉をひそめられ、鏡太郎は悪びれることなくうなずいた。

「もっとも、改めて考えてみれば、あの人たちが別の世界に消えたと言い切ることもできませんよね。あの場所は元々城跡ですから、大砲の下や見えないところに抜け穴の一つくらいあっても不思議ではありません」

「確かに。……でも俺は、雪さんたちは無事にあっち側に行けたと思いたいですね。こっちで散々苦労した人たちなんだから、それくらいのご褒美はあってもいいでしょう。泉先生もそう思いませんか？」

「大いに同感です」

鏡太郎は再度うなずき、膝の上に積み上げた本に手を置いた。

「鏡太郎さん、ずっと古い本ばっかり読んでたんですが、最近は新しい小説も読み始めたんですよ。文学に関心が出てきたみたいです」と瀧が言っていたことを、義信はふと思い出した。

と、鏡太郎は顔を上げ、冬空と、その下にそびえる山へ視線を向けた。

「しかし、雪さんのような人に寄り添うと言っても、僕なんかに何ができるのか……」

「そこも含めて、これから考えればいいんですよ。山でも言いましたけど、泉先生にはまだ時間があります」

軽い口調で義信が言う。「他人事だと思って適当なことを」と呆れられるかと義信は思ったが、鏡太郎は意外にも素直にうなずいた。

「……そうですね」

落ち着いた声が人力車の座席から響く。

前を向いている義信には、鏡太郎の表情は見えない。だが、何となく、今の鏡太郎は前向きな顔をしているような気がして、義信は歩調を速めた。

❁「朱日記」と大火事と山中異界

「朱日記」は明治四十四年（一九一一年）に発表された短編。金沢を思わせる城下町の小学校の教員の男性はある日、「城下を焼きに参る」と語る赤い坊主に出会い、その教え子である少年は、知らない女性から「大火事が起こる」という警告を受けていた。やがて坊主や女の予言通りに城下町は炎に包まれる。

明治二十五年（一八九二年）の大火で鏡花の生家が焼失したことを受けてか、町を焼き尽くす火事というモチーフは鏡花作品に何度か登場する。「飛剣幻なり」では、「椎の木屋敷」と呼ばれる古い家に嫁入りした女性が、山の魔神の使いから、これから町が焼けることを知らされる。本作のヒロインは旧態依然とした家制度に苦しめられており、嫁入り先の家を守ることを拒んで逃げるのだが、ここで見られる「女性の悲哀や抵抗」という題材も鏡花が繰り返し描いたものである。権力や体制に翻弄され苦しめられる女性への強い共感は、怪異を扱わない作品においても顕著に表出し、鏡花作品を貫くテーマの一つとなっている。

このテーマに、「山中の異界への憧れ」という鏡花作品の今一つの頻出モチーフを重ね合わせたのが、「女仙前記」「きぬぎぬ川」の連作である。ここでは、傍若無人な軍人に嫁がされて苦悩する令嬢・雪が、「人を殺せない」と公言したため仲間から暴行された元兵士とともに、山という異界に招かれて姿を消す顚末が描かれている。

異界をただ怪しい空間として描くのではなく、現代社会の中で生き辛さを抱えた人たちを受け入れてくれるかもしれない優しい世界としても位置付けたところに、鏡花の近代的な独自性があり、それは時代を超えて読み継がれる魅力にも繫がっている。

あとがき

最初に、石川県で二〇二四年一月に起こった震災で被災された方に心からのお見舞を申し上げますとともに、これ以上被害が広がらないことを強く祈念いたします。

さて、この作品は「金沢出身の文豪で、自ら『おばけずき』を名乗る怪異愛好家であった泉鏡花（敬称略）が、少年期に、後の自作のモチーフになるような事件に遭遇していたかもしれない」という設定によるフィクションです。実在の人物や場所や伝承等を参考にしていますが、作中の事件は基本的に筆者の創作です。

なお、本作は、鏡花作品に親しんでおられる方に加え、鏡花作品を未読の方にも楽しんでいただければ、そしてブックガイドになれば、と思って書いています。興味を持っていただけたなら、元ネタの作品に手を伸ばしていただけると嬉しいです。

おかげさまで二巻目を出すことができました。今回は、各章の副題となっている五作に加え、大好きな鏡花作品である「海異記」や、「女仙前記」「きぬぎぬ川」の連作も大いに参考にしています。「海異記」は夜の海の不気味さを描いたホラーで、今回の副題の「あやかし」もここに登場する怪異の一つです。そして「女仙前記」と「きぬぎぬ川」の連作はですね、私は元々、異界や神隠しが現代社会に適応できない人を救済するシステムとして描かれる物語が好きなのですが、そのパターンの完成形みたいな作品だと勝手に思っています。

　泉鏡花という作家の文学史上の功績については既に多くの方が語っておられますので、個人的にどこをリスペクトしているか、好きかという話をします。「古臭い子供騙しの迷信だった妖怪を、人間より格上の存在として位置付けたところが凄い」みたいな話は前巻のあとがきにも書きましたが、それに加えて、（当時の）現実をちゃんと見ているところがまた凄い。鏡花の年上女性崇拝についてはよく言われるところですが、この方、女性を強く崇める一方で、現実社会で女性の待遇が悪いことに関してははっきり怒り、物語の中で共感を示し、救済したりもするんですね。そういうところも偉大だなあ、とかねてから思っていたので、今回はこういう話になりました。

　今回も、本を作る上で多くの方のお世話になりました。表紙を描いてくださった榊空也様、今回もドラマチックなイラストをありがとうございます。泉鏡花記念館ならびに同館館長の秋山稔様には色々とご教示をいただきました。金沢学院大学准教授の佐々木聡様、金沢在住の小説家である紅玉いづき様には今回も取材の際にお力添えをいただきました。担当編集者の鈴木様、いつもご迷惑をおかけしております。この場をお借りしてお礼を申し上げます。そして、この本を手に取ってくださったあなたにも最大の感謝を。ありがとうございます！

　では、ご縁があればまたいずれ。お相手は峰守ひろかずでした。良き青空を！

参考文献

泉鏡花集成7（泉鏡花著、種村季弘編、筑摩書房、一九九五）
化鳥・三尺角　他六篇（泉鏡花著、岩波書店、二〇一三）
河童のお弟子（泉鏡花・柳田國男・芥川龍之介著、東雅夫編、筑摩書房、二〇一四）
鏡花短篇集（泉鏡花著、川村二郎編、岩波書店、一九八七）
泉鏡花集成4（泉鏡花著、種村季弘編、筑摩書房、一九九五）
鏡花小説・戯曲選　第五巻（泉鏡太郎著、寺田透・村松定孝編、岩波書店、一九八一）
鏡花小説・戯曲選　第十巻（泉鏡太郎著、寺田透・村松定孝編、岩波書店、一九八二）
外科室・海城発電　他五篇（泉鏡花作、岩波書店、一九九一）
新編泉鏡花集　別巻1（泉鏡花著、秋山稔・須田千里・田中励儀・吉田昌志編、岩波書店、二〇〇五）
新編泉鏡花集　別巻2（泉鏡花著、秋山稔・須田千里・田中励儀・吉田昌志編、岩波書店、二〇〇六）
泉鏡花　転成する物語（秋山稔著、梧桐書院、二〇一四）
鏡花と妖怪（清水潤著、怪異怪談研究会編、青弓社、二〇一八）
鏡花と怪異（田中貴子著、平凡社、二〇〇六）
鏡花　泉鏡花記念館（泉鏡花記念館編、泉鏡花記念館、二〇〇九）
鏡花研究　第十二号（石川近代文学館、二〇一〇）
金沢市史　資料編14（民俗）（金沢市史編さん委員会編、金沢市、二〇〇一）
日本の伝説　12　加賀・能登の伝説（小倉学・藤島秀隆・辺見じゅん著、角川書店、一九七六）
金沢の昔話と伝説（金沢口承文芸研究会編、金沢市教育委員会、一九八一）
金沢古蹟志　巻一二（森田平次著、金沢文化協会、一九〇二）
金沢古蹟志　巻二十（森田平次著、金沢文化協会、一九〇二）
三州奇談（日置謙校、石川県図書館協会、一九三三）
石川県河北郡誌（日置謙編、石川県河北郡役所、一九二〇）
大正期怪異妖怪記事資料集成（上）（湯本豪一編、国書刊行会、二〇一四）

金沢のふしぎな話　「咄随筆」の世界（鈴木雅子著、港の人、二〇〇四）
金沢のふしぎな話Ⅱ　「続咄随筆」の世界（鈴木雅子著、港の人、二〇〇九）
日本の昔話 26　加賀の昔話（加能昔話研究会編、日本放送出版協会、一九七九）
日本の民俗 17　石川（小倉学著、第一法規、一九七四）
「天狗に攫はる」報道を読む　金沢における天狗観の変容（大門哲著、「加能民俗研究」四八号、二〇一七）
加賀・能登の天狗伝説考（小倉学著、「昔話伝説研究」第二号別刷、一九七二）
妖怪百談　通俗絵入　一名・偽怪百談（井上円了著、四聖堂、一八九八）
不思議弁妄（新井周吉著、大矢森之助補、盛春堂、一八八八）
ニホンオオカミの最後　狼酒・狼狩り・狼祭りの発見（遠藤公男著、山と溪谷社、二〇一八）
オオウミガラス　失われた野生動物（柿澤亮三著、「Ｎｅｗｔｏｎ」二〇〇二年七号、二〇〇二）
絶滅をめぐる物語（11）オオウミガラスの聖地巡礼（川端裕人著、「図書」第八九六号、二〇二三）

この他、泉鏡花の著作を始めとする多くの書籍、雑誌記事、ウェブサイト等を参考にさせていただきました。

本書は書き下ろしです。

少年《しょうねん》泉鏡花《いずみきょうか》の明治《めいじ》奇談録《きだんろく》

城下《じょうか》のあやかし

峰守《みねもり》ひろかず

2024年3月5日初版発行

発行者……加藤裕樹
発行所……株式会社ポプラ社
〒141-8210 東京都品川区西五反田3-5-8
JR目黒MARCビル12階

フォーマットデザイン　荻窪裕司(design clopper)
組版・校閲　株式会社鷗来堂
印刷・製本　中央精版印刷株式会社

落丁・乱丁本はお取り替えいたします。
ホームページ (www.poplar.co.jp) のお問い合わせ一覧よりご連絡ください。

ポプラ文庫ピュアフル

ホームページ　www.poplar.co.jp

N.D.C.913/302p/15cm
ISBN978-4-591-18111-9
P8111371